L'ÉLYSÉE,

OU

QUELQUES SCÈNES DE L'AUTRE MONDE.

IMPRIMERIE DE POULET, QUAI DES AUGUSTINS, N°. 9.

L'ÉLYSÉE,

OU

QUELQUES SCÈNES DE L'AUTRE MONDE.

> Si quelqu'un des acteurs de ce drame se trouve mécontent du rôle qu'il y joue, qu'il ne s'en prenne pas à moi ; je ne lui ai pas assigné ce rôle, c'est lui-même qui l'a choisi. Qu'il ne consulte pas ce qu'il pense à présent, qu'il consulte ce qu'il pensait alors ; qu'il éloigne un moment de lui les événemens qui sont arrivés ; qu'il se place aux mêmes époques et dans les mêmes circonstances ; qu'il se demande : *Ai-je dit ou n'ai-je pas dit cela ? Ai-je fait ou n'ai-je pas fait cela ? Voulais-je ou ne voulais-je pas cela ?*
>
> MÉMOIRES DU MARQUIS DE FERRIÈRES, Édition de MM. Barrière et Berville, tome 1er., livre 1er., page 5.

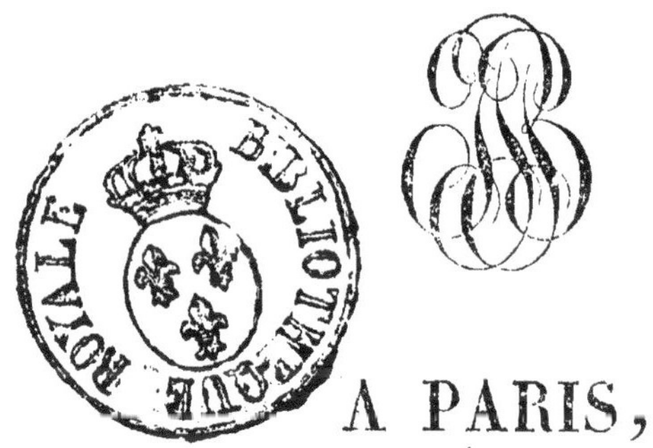

A PARIS,

CHEZ TOUS LES LIBRAIRES.

1821.

TABLE

DES

CHAPITRES.

CHAPITRE PREMIER.

CHAPITRE II.

CHAPITRE III.

CHAPITRE IV.

CHAPITRE V.

CHAPITRE VI.

CHAPITRE VII.

Séance de l'Académie élyséenne.

PREMIÈRE PARTIE.

DEUXIÈME PARTIE.

TROISIÈME PARTIE.

QUATRIÈME PARTIE.

CINQUIÈME PARTIE.

Théaulon, auteur de l'*Oiseau bleu*, *Malte-Brun*, géographe du *Journal des Débats*, ci-devant de *l'Empire*, *Vieillard*, membre de la commision de censure, *Briffaut*, membre de la commission de censure, *Mennechet*, lecteur du roi, *Mély-Janin*, rédacteur de la *Quotidienne*, *Michaud*, rédacteur de la *Quotidienne*, lecteur du roi, et *Tréneuil*, auteur de l'Elégie sur les tombeaux de Saint-Denis.

SIXIÈME PARTIE.

Laujon, le doyen des chansonniers, rappelle à l'académie, avec la mention la plus honorable, les innombrables couplets, rondes, rondeaux et vaudevilles, faits pendant quinze ans, en l'honneur de *Napoléon*. Il cite particulièrement, MM. *Jacquelin*, *Brazier*, *Merle*, le *chevalier de Piis*, le *chevalier Alissan* de *Chazet*, le *chevalier Désaugiers*, et finit par une chanson de *M. A. Martainville*, rédacteur en chef du *Drapeau blanc*, qui est exécutée, suivant les intentions de l'auteur en 1811, avec accompagnement d'artillerie. — La séance est terminée *par des cantates*, et des chants d'apothéose, anciennes paroles de MM. *Briffaut*, *Vieillard*, *Planard*,

CHAPITRE VIII ET DERNIER.

L'ÉLYSÉE,

OU

QUELQUES SCÈNES DE L'AUTRE MONDE.

CHAPITRE PREMIER.

Napoléon paraît devant le tribunal qui juge les Rois.

Le gazetier des Champs-Élysées a publié le discours adressé le 5 mai 1821 par M. de Fontanes à Napoléon, au moment de son arrivée dans l'autre monde. Ce beau morceau d'éloquence, où se retrouve tout le talent d'un habile homme d'État et d'un grand orateur, n'était que le prélude de la magnifique réception qui fut faite à l'ancien Empereur des Français dans le séjour des immortels.

Napoléon descendait aux sombres bords, resplendissant de gloire, et les rayons de la vive lumière, dont il marchait environné, avaient jeté des clartés inconnues jusque dans les gouffres du Tartare et jusqu'aux limites du vaste empire des morts. Ses innombrables habitans se pressaient sur son passage, et l'accueillaient par d'unanimes acclamations C'est dans ce moment qu'il fut harangué par l'illustre marquis et pair de france, qui fut grand-maître de l'Université impériale et président du Corps-Législatif.

L'éclat de la gloire dont brillait Napoléon ne le dispensa pourtant point de l'obligation imposée sans distinction aux nouveaux hôtes des sombres bords, celle de subir le jugement du tribunal redoutable, qui prononce sur le sort des Rois. Là, les privilèges ne sont point connus; les lois d'exception ne s'y sont jamais introduites.

Les améliorations et les perfectionnemens ont pourtant pénétré jusques dans ces éternels royaumes, qui ont un peu changé de face depuis la visite qu'osèrent y faire *Ulysse*, *Énée* et *Télémaque*. Les siècles ont marché depuis, et le maître des enfers a fait d'utiles modifications aux *constitutions* de son empire. Ses premières réformes ont porté sur le code criminel qui le régissait depuis *Sisyphe* et *Prométhée*. On a supprimé une grande partie des dégoûtantes horreurs de l'ancien Tartare. Les supplices y sont de meilleur goût et plus appropriés à l'esprit du tems. On a conservé, pour l'intérêt de la morale, les vautours qui dévorent le cœur des traîtres, et on voit toujours un grand nombre de *Tantales* soupirant après des biens qui leur échappent.

Les vieux juges *Minos*, *Eaque* et *Rhadamante*, après avoir siégé pendant tant de siècles, jouissent enfin des douceurs du repos. Ils sont magistrats *honoraires* sans fonctions. Les diverses classes d'hommes sont désormais jugées par leurs *Pairs*. L'institution du *Jury* a eu dans l'autre monde le même succès que dans le nôtre.

Le tribunal qui juge les rois est maintenant formé, et pour vingt siècles encore, de *Trajan*, de *Marc-Aurèle* et de *Louis XII*.

C'est devant cette auguste Cour que Napoléon comparut, précédé de la renommée de ses grandes actions. L'histoire de sa vie héroïque, qui faisait depuis un quart de siècle le sujet de l'entretien des habitans de l'Elysée, était bien connu de ses vénérables juges.

Ils lui décernèrent tout d'une voix l'immortalité des grands hommes, celle des héros, des fondateurs d'empires, des génies créateurs, des chefs de siècle ; mais le divin tribunal, dont les yeux pénétrans déchirant tous les voiles, sondent les abîmes des cœurs, s'enfoncent dans le labyrinthe des pensées humaines, et lisent dans les événemens les plus mystérieux de la vie comme dans un livre ouvert devant eux, s'étant rendu compte de quelques circonstances de l'histoire politique de *Napoléon*, mal connues par le vulgaire ignorant, faisant la part des nécessités du moment et des entrainemens impérieux, et voulant néanmoins le punir de n'avoir pas donné, quand il le pouvait, à la meilleure des nations, tout le bonheur et toute la liberté qu'elle avait droit d'en attendre, décida et prononça que par forme d'expiation, avant d'être admis dans le séjour fortuné où l'on goûte sans fin une félicité sans mélange, il passerait *cent jours* dans la seconde région des Champs-Elysées, qui en est séparée par un immense nuage d'or et d'azur, et qu'habitent *Alexandre, César, Charlemagne, Charles-Quint, François Ier., Elisabeth, Charles XII, Pierre Ier.*, et un grand nombre de rois de tous les temps et de tous les pays.

Ces *cent jours* d'expiation commençant le 5 mai, jour de l'arrivée de Napoléon dans l'autre monde, devaient finir précisément le 15 août, pour cet anniversaire de sa naissance, qui, pendant quinze ans fut célébré par cinquante millions d'hommes avec tant de pempe et d'éclat.

Le choix des mots et des dates, et le rapprochement ingénieux des époques parurent piquans aux heureux habitans de l'Elysée, qui ne manquèrent pas d'y applaudir avec transport et trouvèrent que rien n'échappait à l'auguste aréopage.

CHAPITRE II.

L'académie élyséenne prépare une séance extraordinaire pour l'admission de Napoléon parmi les immortels.— Ceux qui la composent sont mis, par un arrêt du destin, dans l'impossibilité de rien produire de nouveau, et ne peuvent plus penser et dire que ce qui a été dit et pensé dans l'autre monde, ou par eux, ou par d'autres. — Idée des lieux qu'ils habitent. — Ils conservent les goûts qu'ils ont eus sur la terre.

Les immortels se préparèrent dès ce moment à la réception solennelle de Napoléon et à son installation dans la région fortunée, alors que le nuage d'or et d'azur, se déchirant devant ses pas, lui permettrait le 15 août, à l'expiration des *cent jours*, de venir demeurer à jamais parmi eux.

Les dispositions furent prises pour que ces fêtes, dignes de leur objet, fussent plus magnifiques que tout ce qu'on avait vu jusqu'alors dans ce paisible empire.

Déjà s'apprêtaient à défiler sous ses yeux ces légions de héros, qu'il a menés tant de fois à la victoire, qui ont surpassé ce que l'antiquité et les temps modernes offrent de plus glorieux, et qui, mourans pour la patrie,

Ont au ciel porté leurs drapeaux. (1)

Les savans, les littérateurs, les poëtes, qui ont illustré l'époque où Napoléon régnait, réunis désormais fraternellement et sans rivalité, résolurent de donner le même jour une fête académique à l'homme qui avait prodigué les encouragemens et les récompenses aux sciences et aux arts, et qui avait hâté le développement des connaissances humaines.

Ils n'avaient pas oublié que le général Bonaparte avait été membre de l'Institut dans la section de mécanique, avant son avènement au pouvoir suprême, et ils pensaient qu'enfin rendu à l'égalité, ce célèbre mécanicien allait redevenir tout naturellement leur collègue.

Ces savans et ingénieux personnages, séparés pour toujours de ce monde où nous sommes et

(1) Béranger, ode, qu'il appelle chanson, intitulée *Mon âme.*

dont ils furent l'ornement, conservent avec lui des rapports invisibles et mystérieux, dont le secret ne sera jamais révélé. Ils sont informés de ce qui s'y passe et de ce qui se publie dans la république des lettres, à laquelle ils sont restés fidèles; ils savent quelles œuvres nouvelles outragent ou enrichissent les sciences et les arts; et, jouissant dans le calme d'une joie pure du succès et de la contemplation de l'héritage littéraire qu'ils nous ont laissé, ils prennent en pitié les affronts que les hypocrites et les sots font à leur mémoire.

Tel est le noble prix accordé à ceux qui ont émancipé l'esprit humain et agrandi son domaine; mais s'ils possèdent encore dans toute leur étendue les facultés intellectuelles et morales dont ils furent doués, un arrêt irrévocable du destin condamne leur génie à l'éternel repos; ils ne peuvent plus rien produire de nouveau, rien créer d'original. Ils sont réduits à redire ce qu'ils ont dit ou écrit quand ils étaient parmi les vivans, ce qu'ont écrit et dit leurs confrères en immortalité, et même ce que disent et écrivent tous les jours ceux qui sont restés sur la terre, et qu'ils ne se font aucun scrupule de dérober, à charge de revanche et de réciprocité. C'est un droit légitime qui leur est acquis en compensation de la condition imposée de ne plus rien faire ou dire de nouveau. On voit que plus d'un écrivain, plein d'existence, a montré de la vocation pour les priviléges de la vie élyséenne.

Dans cet heureux séjour, les princes des sciences, des lettres et des arts, bien différens de leurs écoliers et de leurs imitateurs, qu'ils ont laissés sur ce misérable globe, vivent entr'eux dans la plus parfaite harmonie. Là, on ne se déchire pas, là on ne vend point sa plume, là on ne change plus, suivant la circonstance, d'opinion et d'idole. Ils chantent au contraire les louanges les uns des autres, et, comme les rois vertueux du *Télémaque*, *ils ne font tous ensemble, qu'une seule voix, une seule pensée, un seul cœur, et une même félicité fait comme un flux et reflux dans ces âmes unies* (TÉLÉMAQUE).

On trouve partout la description des délices classiques dont s'enivrent à perpétuité les habitans de ces lieux enchanteurs. Qui ne se souvient pas des *bocages odoriférans*, des *gazons toujours renaissans et fleuris*, des *mille petits ruisseaux qui font sentir une douce fraîcheur*, des *innombrables oiseaux qui remplissent ces bocages de leurs chants*, et des *fleurs du printemps qui naissent sous les pas avec les plus riches fruits de l'automne?*

Des vergers odorans l'ombre voluptueuse,
Tout dit : voici les lieux de l'éternelle paix.
Ces beaux lieux ont leur ciel, leur soleil, leurs étoiles;
Là, de plus belles nuits éclaircissent leurs voiles,
Et pour favoriser ces douces régions,
Vous diriez que le ciel a choisi ses rayons. (1)

Ces nouveaux hôtes de l'Elysée, unis à ceux qui les ont précédés depuis tant de siècles, s'abandonnent comme eux à cette aimable monotonie du bonheur ; mais ayant paru dans des temps où l'art de vivre était plus perfectionné, ils savent l'animer par plus de variété, et ils embellissent leurs éternelles demeures par les mêmes plaisirs dont ils jouirent autrefois dans un monde moins pur et moins uniforme.

Tous, conservant les goûts dont ils furent épris,
Dans ce séjour de paix offrent aux yeux surpris
Des ombres retraçant les succès de la guerre ;
Là des coursiers sur l'herbe errant paisiblement,
Des armes et des chars le noble amusement,
Ont suivi les guerriers sur cet heureux rivage,
Et de la vie encore ils embrassent l'image. (2)

Les gens de lettres, les poëtes et les savans forment des académies, où, par des choix qui ne

---

(1) *Énéide*, traduction de Delille, ch. VI.
(2) *Id.*, *ibid.*

sont pas influencés ou mendiés, et que dicte cette fois une opinion vraiment impartiale et dégagée des intérêts du moment, sont admis les hommes du même siècle et de la même époque, qui se sont illustrés par leurs talens ou par leurs ouvrages.

Les lettrés immortels se divisent en autant de cercles distincts, que l'on compte de grandes époques ou de siècles dans les annales de l'esprit humain, c'est-à-dire ceux de *Périclès*, *d'Auguste*, de *Léon X*, de *Louis XIV*, *de Voltaire* et de *Napoléon*.

Voltaire, dont le vaste et incomparable génie est le prodige de la création, a reçu le privilége unique, et qui ne tirera point à conséquence, de faire partie de toutes ces illustres sociétés, comme un de leurs propres contemporains.

CHAPITRE III.

Liste des principaux savans, littérateurs et artistes qui composent l'Académie élyséenne du dix-neuvième siècle.

C'est dans la contrée la plus délicieuse des régions fortunées, au milieu d'un bosquet de lauriers, de grenadiers et d'orangers en fleurs, sur les bords d'un ruisseau limpide tout couvert de saules, de pensées, de myrtes et de violettes, que l'académie des contemporains de *Napoléon* tient ses séances, et qu'elle lui a donné, le 15 août, une fête qui fera époque dans l'histoire littéraire de l'autre monde.

Organisé comme cet institut célèbre, qui a jeté tant de splendeur sur la France, l'*Académie élyséenne* est divisée en quatre classes, et elle a aussi ses associés libres et ses associés étrangers.

Classe des Sciences.

Lagrange. Fleurieu.
Bougainville. Fourcroy.

Lalande.

Monge.

Mongolfier, inventeur des aérostats.

Bonaparte, ancien membre de la section de mécanique.

Parmentier, propagateur des pommes de terre.

Classe de la Langue française.

Ducis.

Delille.

Bernardin-de-St.-Pierre.

Chénier.

Fontanes.

Laharpe.

Marmontel.

Esménard.

Legouvé.

Collin d'Harleville.

Le Brun.

Parny.

Suard.

Palissot.

Morellet.

Luce de Lancival.

Mme. de Staël.

Millevoye.

Treneuil.

Vigée.

Volney.

Boufflers.

Bitaubé.

Maury.

Saint-Lambert.

Dumoustier.

Blin de Sainmore.

Ségur.

Ginguené.

Choiseuil-Gouffier.

Laujon.

Classe des Belles-Lettres.

Larcher.

Dotteville.

Anquetil.

Dureau de Lamalle.

Sélis.

Sainte-Croix.

Laporte du Theil.

Clavier.

Poinsinet de Sivry.

Urbain Domergue.

Mentelle.
Dussaulx.
Grouvelle.
Dupont de Nemours.
Choderlos de Laclos.
Delisle de Sales.
Visconti.
Millin.
Mercier.
Le Breton.
Souque.
Camille-Jordan.
De Wailly.

Classe des Beaux-Arts.

Vien.
Vincent.
Ménageot.
Appiani.
Hayden.
Mozart.
Paesiello.
Cimarosa.
Grétry.
Méhul.
Monsigny.
Chaudet.
Moitte.
Greuse.
Valenciennes.
Droling.
Molé.
Grandmesnil.

On remarquait parmi un grand nombre d'associés libres et d'associés étrangers :

Washington.
Francklin.
Fox.
Pitt.
Portalis.
Regnault de St.-Jean-d'Angély.
Germain.
Melzi.
Shéridan.
Samuel Romilly.
Joseph Bancks.
Necker.
Marescalchi.
Mascheroni.
Cesarotti.
Casti.
Azara.

CHAPITRE IV.

Napoléon aperçoit, au milieu des supplices du Tartare, de grands criminels dont quelques-uns lui sont connus. — Il voit dans l'Élysée les bons princes, les victimes de la liberté, les héros de la patrie et ses vieux compagnons d'armes.

Napoléon, entouré comme au temps de ses prospérités, d'un immense cortège d'admirateurs et de curieux, se rendait à sa demeure provisoire, celle des rois, qui à de grandes et brillantes qualités ont trop joint la passion de la guerre et la soif des conquêtes. Une immuable loi du destin a voulu, dès le temps des fils d'*Anchise* et d'*Ulysse*, qu'on n'arrivât dans ces lieux qu'après avoir traversé le Tartare. Ses regards, dans ce triste passage, dédaignèrent de tomber sur une foule de scélérats vulgaires, qui expiaient dans les tourmens éternels leur bassesse, leurs attentats, leur lâche cruauté; mais ils s'arrêtèrent avec horreur et pitié sur ces hommes qui, détournés du chemin de la vertu et de l'honneur, et entraînés par de funestes inclinations, ont privé l'État et la société des talens que leur avait donnés la nature, et en ont fait un odieux usage. Combien d'entr'eux, maintenant traités comme de vils criminels, ont joui de leur vivant du respect et des hommages de leurs semblables !

Là sont les agens de corruption, les spéculateurs sur la misère et l'ignorance publique, les provocateurs de rebellion, qui vendirent l'innocent et le faible, les délateurs qui étouffèrent le cri de l'honneur et les premiers sentimens de la nature, ceux qui sacrifièrent tout, amis, réputation, famille, à l'avidité des places et de l'or, ceux qui, pour des intérêts de parti, firent couler le sang humain sur les échafauds, ceux qui ont trafiqué de la liberté et de la vie de leurs frères, ceux qui ont immolé et livré leur pays à l'étranger.

Là gît la sombre envie à l'œil timide et louche,
Versant sur des lauriers le poison de sa bouche,
La tendre hypocrisie aux yeux pleins de douceur,
(Le ciel est dans ses yeux, l'enfer est dans son cœur.)
Le faux zèle étalant ses funestes maximes,
Et l'intérêt enfin père de tous les crimes.

. . . .

C'est là que sont couchés tous ces rois fainéans,
Sur un trône avili fantômes impuissans.

Il voit auprès des rois leurs insolens ministres ;
Il remarque surtout ces conseillers sinistres,
Qui, des mœurs et des lois avares corrupteurs,
De Thémis et de Mars ont vendu les honneurs,
Qui mirent les premiers à d'indignes enchères
L'inestimable prix des vertus de nos pères, (1)
Ceux de qui la balance, inclinée à leur choix,
Corrompit la justice et fit mentir les loix,
Et ceux qui, se rangeant sous les drapeaux d'un traître,
Désertent lâchement la cause de leur maître. (2)

Napoléon reconnut quelques-uns de ces ingrats et de ces hommes à double conscience, qui, à sa vue, frémissant de rage, s'enfoncèrent plus profondément dans le torrent de sang et de feu, où ils resteront éternellement plongés.

Il parcourut rapidement les limites de la région enchantée qui renferme les hommes justes et vertueux, les vrais sages, les grands hommes et les bons rois, dont il ne lui était pas encore donné de partager la félicité. Il y vit, avec une émotion mêlée de regrets et de douleur, *Colomb*, cette vénérable victime de l'ingratitude des rois ; le bienfaiteur de l'humanité, *Las Casas*, dont le nom, toujours dignement porté, devait lui rappeler, mieux qu'à personne, un trait de dévouement et

(1) *Henriade*, chant VII.
(2) *Énéide*, traduction de Delille, chant VI.

de reconnaissance ; *Guillaume Penn*, qui transplanta la liberté en Amérique ; *Guillaume Tell*, qui la conquit en Suisse sur la tyrannie ; *Washington*, qui la fonda dans sa patrie, sur des bases inébranlables, *Washington*, qu'il fut le maître de choisir pour modèle....

Là règnent les vertus ; là sont les cœurs sublimes,
Héros de la patrie ou ses nobles victimes ;
Les prêtres qui n'ont point profané les autels,
Ceux dont les chants divins instruisent les mortels,
Ceux dont l'humanité n'a point pleuré la gloire,
Et qui par des bienfaits vivent dans la mémoire. (1)

Là tout-à-coup apparurent à ses yeux un million de braves qui versèrent leur sang et moururent au champ de bataille pour la patrie, pour la liberté ; et, il faut le dire, pour sa propre gloire, qui eût pu exiger de moins grands sacrifices.... Ils étaient rangés sur son passage, ayant à leur tête les illustres chefs des vainqueurs de l'Europe, et ils présentèrent les armes au plus illustre de tous. Une noble tristesse s'étendait comme un voile sur leurs visages, et de grosses larmes sillonnaient leurs vieilles cicatrices....

Napoléon, leur ayant donné rendez-vous pour

---

(1) *Énéide*, traduction de Delille, ch. VI.

l'époque plus heureuse de sa délivrance complète et de son anniversaire, s'élança dans la région expiatoire. Il fut reçu, à son entrée, par l'empereur *Paul Ier.*, qui lui serra la main en s'écriant :

L'amitié d'un grand homme est un bienfait des dieux.

ŒDIPE.

CHAPITRE V.

Deux dialogues des Morts.

Premier Dialogue.

Madame de Staël, Melzi, duc de Lodi.

Le 15, dès le lever de l'aurore, dans l'attente de l'admission de Napoléon parmi les habitans de la première région de l'Elysée, et de la fête académique préparée pour sa réception, *madame de Staël* et *Melzi*, duc de *Lodi*, qui fut vice-prési-de la république italienne et chancelier garde-des-sceaux du royaume quand la royauté eut remplacé la république, se promenaient en causant ensemble dans le bois de catalpas et de magnoliers à grandes fleurs, qui avoisine le lieu des séances de l'académie. Voici quelques fragmens de leur entretien.

MELZI.

Qu'entends-je ? vous, mon illustre amie, vous-même prononçant le panégyrique de Napoléon en sa présence ! *Pline* fit celui de *Trajan ;* mais il n'avait pas écrit auparavant des *Considérations* injurieuses pour sa personne.

MADAME DE STAEL.

Je ne dirai rien aujourd'hui qui ne soit déjà dans ce même livre des *Considérations*, où vous trouvez des personnalités que j'aurais effacées ou adoucies, si j'avais pu le revoir et y mettre la dernière main. Ces mêmes paroles y sont ; il n'a fallu que les chercher et les grouper.

MELZI.

C'est-à-dire que vous avez supprimé les restrictions et les jugemens, plus que sévères, dictés par le ressentiment excusable d'un injuste traitement. Je vous le répète, j'éprouve toujours du regret, en relisant vos *Considérations sur la révolution française*, que des opinions hasardées et contradictoires, des traits de passion, des préventions et des animosités particulières défigurent cet ouvrage, aussi hardiment écrit que profondément pensé, cette belle production d'une femme incomparable, où se trouve le jugement le plus complet, le plus solide sur cette grande époque de l'histoire des hommes. Je sais que Napoléon a exercé contre vous une persécution brutale ; mais il était digne de vous de le traiter, après ses malheurs, avec plus de générosité, et de vous occuper un peu moins ou de la satire de *Bonaparte* ou de l'apologie de M. *Necker*.

MADAME DE STAEL.

Je ne nie pas, mon cher Melzi, d'avoir commencé mes *Considérations* avec l'intention marquée d'y faire entrer une justification de la vie politique de mon père, et de réhabiliter sa réputation d'homme d'État, qui me semblait décroître. Nos adorations de famille et nos échanges d'admiration sont connus de l'univers entier. Oui, M. Necker était l'objet de ma tendre vénération, non-seulement comme le meilleur des pères et des hommes, mais comme l'un des plus grands et des plus habiles ministres qui aient honoré la France. Quant à Napoléon, mon ancienne animosité contre lui, qui, vous en conviendrez, n'était qu'une représaille, est suffisamment expliquée et motivée dans mon chapitre de l'exil. Ne m'était-il point permis de me plaindre amèrement d'un homme qui m'avait condamnée à ce que je regardais comme le plus cruel des supplices ?

MELZI.

Oui, certes ; mais n'était-ce pas assez de ce chapitre de l'exil, écrit avec tant d'énergie et d'éclat ? Fallait-il donner au public, dans je ne sais quelle œuvre posthume sous le titre de *Dix ans d'exil*, le journal de votre colère et le compte courant de votre indignation ?

MADAME DE STAEL.

OEuvre posthume, c'est tout dire. Pure spéculation de librairie, impôt levé sur d'innocens souscripteurs. J'ai extrait, j'ai exprimé de mes notes mon *chapitre de l'exil*. Ce qu'on a vendu au public, à mon grand mécontentement, sous le titre de *Dix ans d'exil*, pour ajouter à la masse déjà bien volumineuse de mes œuvres, c'est le résidu de ce travail, c'en est le *caput mortuum*. Je disais, dans mes *Considérations*, que j'avais écrit les circonstances de mon exil, mais que je ne publierais pas ces morceaux incomplets (1).

MELZI.

Vous aviez bien fait. N'est il pas vrai que dans

---

(1) *Considérations*, tom. 2 et 13 des OEuvres complètes, p. 297.

votre grand ouvrage vous aviez déjà assez puni Bonaparte du tort qu'il avait eu de repousser votre influence, et de dédaigner vos conseils et votre amitié? Avouez que vous ne le lui avez jamais pardonné?

MADAME DE STAEL.

Jamais, j'en conviens. Mais aussi pouvais-je aimer un homme qui, *se plaçant devant une femme comme le plus roide des généraux allemands, lui disait: Madame, je n'aime pas que les femmes se mêlent de politique?* (1).

MELZI, *souriant.*

Il est certain que voilà un mauvais trait, et qui lui fait peu d'honneur. S'il avait voulu pourtant, s'il n'avait pas opiniâtrement persisté dans ses aveugles préventions, je vous ai vue au moment de lui revenir; car, au fond, vous avez eu long-temps du faible pour cet être extraordinaire, et je me souviens très-bien qu'à Milan, à l'époque du couronnement, vous étiez attentive à épier toutes les occasions d'un rapprochement, dont le succès n'a

---

(1) *Considérations*, tom. 1 et 12 des Œuvres complètes, p. 198.

pas dépendu de vous, et que vous avez prié, supplié notre célèbre *Monti* de vous charger de la traduction en français de sa fameuse *Vision*, où Bonaparte est si poétiquement loué, et que vous avez eu du dépit d'avoir été prévenue (1).

MADAME DE STAEL.

Tout cela est très-vrai, mon cher Melzi. Je ne nie pas la vive impression que fit sur moi cet homme des temps antiques, et *l'espèce d'ébranlement qu'il produisait sur mon imagination. Il savait plaire quand il le voulait.... Un jour après avoir causé avec moi des affaires de la Suisse, pendant une heure de tête-à-tête, il me parla de son goût pour la retraite, pour la campagne, pour les beaux-arts, et se donna la peine de se montrer à moi, sous des rapports analogues au genre d'imagination qu'il me supposait. Cette conversation me fit concevoir l'agrément qu'on lui trouvait quand il était familier*, et *qu'il parlait comme d'une chose simple de lui-même et de ses projets. Cet art qu'il avait a captivé beaucoup de monde* (2). *Mon père*

---

(1) Historique.

(2) *Considérations*, t. 2 et 13, p. 206.

lui-même n'en avait pas une idée moins favorable. M. Necker eut un entretien avec lui à son passage en Italie, peu de temps avant la bataille de Marengo. Pendant cette conversation, qui dura deux heures, le premier consul fit sur mon père une impression agréable, par la sorte de confiance avec laquelle il lui parla de ses projets futurs. Il le regardait comme le défenseur de l'ordre et comme celui qui préservait la France de l'anarchie. Il revient dans plusieurs endroits de ses Dernières vues de politique et de finances *à vanter ses talens avec la plus haute estime* (1).

MELZI.

Je sais bien, mon illustre amie, que personne n'était plus que vous en état de porter sur Bonaparte un jugement impartial et sain. Vous n'en avez eu que plus de tort, quand il y avait déjà malheureusement tant de reproches fondés à lui faire, de vous abandonner à des insinuations très-basardées sur son compte. Pouvez-vous nier à présent par exemple que ce que vous dites à mon sujet dans vos considérations ne soit tout-à-fait inexact?

---

(1) *Considérations*, t. 3 et 14, p. 277.

MADAME DE STAEL.

Ce ne sera pas du moins le juste éloge que j'ai fait de vous, mon cher Melzi, que vous me ferez rétracter. Il sera répété par tous ceux qui ont eu le bonheur de vous connaître. J'ai dit que, *né d'une mère espagnole et d'un père italien, vous réunissiez la dignité d'une nation à la vivacité de l'autre, que vous étiez un des hommes les plus distingués qu'ait produit cette Italie si féconde en tout genre, et que je ne savais pas si l'on pourrait citer, même en France, un homme plus remarquable par sa conversation et par le talent plus important de connaître et de juger les hommes* (1).

MELZI.

Je serais bien mal avisé de me plaindre d'un éloge si délicat, que je dois à l'indulgence de votre amitié. Aussi ce n'est pas de cela que je veux parler, mais du sens que vous donnez à l'entretien que j'eus avec vous à l'époque où *Napoléon*, unissant sur sa tête la couronne de fer au diadème français, me fit garde-des-sceaux du nouveau royaume, et

(1) *Considérations*, t. 2 et 13, p. 363.

duc de Lodi, avec une riche dotation. Il ne fut jamais question de rejeter ni la donation, ni les titres. Vous serez démentie par tous ceux qui ont connu les affaires d'Italie à cette époque, et qui ont apprécié la situation des choses et la mienne. Vous dites que *Bonaparte tournait sans cesse autour de moi pour me corrompre* (1). Il n'avait pas besoin de me corrompre, il ne s'agissait que du plus ou du moins d'élévation de mon poste dans le nouvel ordre de choses, du plus ou du moins d'influence que j'y exercerais; et, plaçant à la tête du gouvernement, sous mon *mentorat*, qui ne fut pas de longue durée, son fils adoptif, *Eugène de Beauharnais*, il ne pouvait faire pour moi ni plus ni moins qu'il n'a fait. Si je l'ai blâmé et dans ce temps et depuis, c'est de n'avoir entendu ni ses propres intérêts, ni le vœu unanime de l'Italie, et de n'avoir pas su à temps lui donner l'indépendance politique qui fut le but constant et de mes désirs et de mes efforts.

MADAME DE STAEL.

Cette résistance aux vœux d'une nation généreuse ne motiverait-elle pas seule mes accusations

---

(1) *Considérations*, t. 2 et 13, p. 383.

contre son amour excessif du pouvoir ?.. *Ses penchans étaient aristocrates jusqu'à la petitesse* (1). *Il a subjugué le siècle ; il était seul là où il a régné. Il n'est point de contre-révolution aussi fatale à la liberté que celle qu'il a faite. Il a partout relevé le despotisme et défait l'esprit humain. Si les principes de la liberté succombent en Europe, c'est parce qu'il les a déracinés de la tête des peuples* (2). Comment voulez-vous, mon cher Melzi, que cette âme, brûlante de l'amour de la liberté, n'ait pas été indignée de voir un génie colossal, sorti des entrailles de la révolution, la refuser à cette noble et belle France, à qui il pouvait, à qui il devait la donner, et bâtir sur le sable le pouvoir d'un seul, quand il pouvait fonder dans le roc les institutions politiques de l'Angleterre ?

MELZI.

Leur rouille d'aristocratie et de féodalité ne convenait pas aux Français d'aujourd'hui. Modifiées et perfectionnées, elles sont devenues l'héritage de la France, à laquelle il ne manque que de *savoir*

---

(1) *Considérations*, t. 2 et 13, p. 151.
(2) *Ibid.*, p. 151 et 152.

et de *pouvoir* en jouir. Mais vous voilà bien avec votre aveugle prédilection pour les Anglais! vous admirez jusqu'à leurs vices.

MADAME DE STAEL.

J'avais vu si souvent le gouvernement représentatif, faussé en France, que mon admiration s'est rejetée sur l'Angleterre (1). Au surplus, mon cher Melzi, je me flatte que mon dernier chapitre, où respire l'enthousiasme de la liberté, me fera pardonner mon anglomanie, et que j'ai assez flagellé le pouvoir absolu et ridiculisé les vieilles idées, pour être regardée comme le fléau de la sottise et de l'ignorance....... Ce n'est pas moi qui désespérerai de l'avenir de l'esprit humain....... *Les institutions rallient les opinions plus sagement que les circonstances, et le public a maintenant plus d'esprit qu'aucun individu* (2).

MELZI.

Voilà une idée qui est à vous, et dont mon ancien ami *Talleyrand* a tiré parti avec un art exquis dans

(1) *Considérations*, t. 3 et 14.

(2) *Ibid.*, p. 238.

un discours plein d'esprit et de raison. *De nos jours il n'est pas facile de tromper. Il y a quelqu'un qui a plus d'esprit que Voltaire, plus d'esprit que Bonaparte, plus d'esprit que chacun des ministres passés, présens, à venir ; c'est tout le monde* (1).

MADAME DE STAEL.

C'est moi, et c'est mieux que moi ; car c'est lui.

MELZI.

J'aperçois *La Harpe* qui s'avance vers nous. Que vois-je ? il est accompagné de *Mercier* le dramaturge. Oh ! c'est au-dessus de mes forces. Je vous laisse. Vous avez le don, que je n'ai pas, de savoir causer avec tout le monde et plaire à tout le monde.

MADAME DE STAEL.

Ce pauvre fou de Mercier est toujours bon homme, mais il s'est avisé dans ce monde-ci, moi qui ne l'ai jamais connu dans l'autre, de m'adorer en prose poétique, et il me débite, pour me le prouver, des

---

(1) *Discours* de M. de Talleyrand à la Chambre des Pairs, le 24 Juillet.

phrases extravagantes, sans ordre et sans suite, qui ne sont pas même de lui.

MELZI.

Les ennuyeux ne devraient pas troubler ici notre repos. N'en avons-nous pas eu assez dans l'autre vie?

Deuxième Dialogue.

Madame de Staël, La Harpe et Mercier.

LA HARPE.

Le voilà, le voilà, Madame, l'auteur de *Jenneval*, et de la *Brouette du Vinaigrier*.

MERCIER.

Le voilà, le voilà, Madame, l'auteur des *Barmécides* et du *Psautier français*.

LA HARPE.

La vie des justes et des sages ne l'a pas rendu plus raisonnable. Ce n'est pas assez pour lui d'avoir fait le *Dictionnaire Néologique*, d'avoir gâté et déshonoré la langue de *Racine* et de *Voltaire*, il continue ici ses extravagances, il m'assomme depuis une heure de galimatias et de pathos.

MERCIER.

Allons, voyez un peu, de quoi se plaint-il? je viens de lui réciter presque tout le *Solitaire*. Les plus belles inversions et les mystères du *Mont-Sauvage* ne lui paraissent que de risibles amphigouris. Ces âmes de critiques sont des déserts arides.

LA HARPE.

Je vous abandonne tous ces beaux ouvrages; c'est de votre école; reprenez votre bien où vous le trouvez, il n'y a rien à dire; mais aller dépecer, déchiqueter le *Génie du christianisme*, *les Martyrs*, *l'Itinéraire de Jérusalem*, pour larder vos discours de leur lambeaux, et choisir dans des pages brillantes d'imagination et d'éloquence, les expressions les plus bisarres qui ne font que les déparer, voilà, mon pauvre ami *Mercier*, ce que je ne puis supporter sans colère.

MERCIER.

C'est que vous ne m'avez pas saisi, mon pauvre

ami *Laharpe*. J'ai fait dans l'autre monde une foule d'ouvrages, que vous autres, prétendus hommes de goût, qui n'êtes que des niais, trouvez mal écrits, baroques, barbares. Dans ce lieu de repos du corps et de l'esprit, un arrêt du destin nous ôte la faculté de penser et de dire rien de neuf, rien d'original : pour bien des gens il n'y a rien de changé. Original comme on dit que je l'étais, et comme je me vante de l'être encore, je ne veux pas, comme vous, messieurs les classiques, tourner toujours dans le même cercle d'idées, et *repenser* sans cesse ce que j'ai une fois pensé. Les ouvrages de *Mercier*, puisqu'il faut vous le dire, m'ennuient à présent presqu'autant que ceux de ce *Racine*, qui me donnait autrefois des nausées, et auquel nos neveux commencent à dire son fait ; je me suis donc *rué* sur les productions modernes, d'où je trouve à tirer le plus de choses analogues à mon génie, ou à ce que vous appelez mon mauvais goût. Entendez-vous cela, mon pauvre ami *La Harpe*?

LA HARPE.

C'est bien digne de l'homme qui a dit que *Pascal*, *Newton*, *Descartes*, *Locke*, *Condillac*, *n'avaient pas le sens commun, et que c'était des aveugles qu'affligeait une cataracte de l'âme.*

MERCIER.

Vieil enfant de la routine! je vous le demande à vous, madame, puis-je mieux faire que de m'inspirer de ces grands modèles, aujourd'hui que j'ai à vous réciter, en séance académique, des pensées de circonstances à l'occasion de l'arrivée d'un hôte illustre. Je viens d'en demander à la voute épaisse des grands cocotiers, *ce sanctuaire de paix, où l'écho prolonge un cri d'amour en l'adoucissant, et où l'imagination, se débordant autour des colonnades des forêts, ces grands falbalas de la nature, s'enveloppe dans les replis de l'univers comme dans un manteau* (1).

MADAME DE STAEL.

Oui, mon cher *Mercier*, il n'est rien de beau, de doux, de grand dans la vie que les choses mystérieuses. La solitude indique *les mystères du recueillement* et de *la résignation*, et *fait passer*

(1) *Génie du christianisme*.

l'âme immortelle à travers de passagères rêveries (1).

LA HARPE, *souriant.*

Eh bien! qu'avez-vous trouvé dans *les longues avenues de la forêt, dont la dentelure se répète dans les ondes avec les rochers qui s'enchaînent sur leurs rives* ? (2).

MERCIER.

Je cherchais des images, et voilà tout (3). Mais, *sans vous faire un fracas de questions* (4), puis-je savoir si notre ami *Fontanes* parlera dans notre solennelle séance ?

MADAME DE STAEL.

Il n'a plus rien à dire ; il a épuisé toutes les formules de la louange.

MERCIER.

Cet homme était une parole suave. Sa bouche

---

(1) *Corinne.*

(2) *Génie du christianisme.*

(3) *Avertissement de l'Itinéraire de Jérusalem.*

(4) *Itinéraire.*

était une fontaine de discours (1). Quel dommage, *La Harpe*, que nous n'ayons pas quelque chose de votre façon, dans le genre de ces jolis vers que vous faisiez, alors que vous étiez encore un peu *Jacobin* avant d'être tout-à-fait dévot! Vous en souvenez-vous?

Que la sagesse protectrice
De la paisible égalité
Soit la seule dominatrice
Des enfans de la liberté. (1)

LA HARPE.

A qui appartient plus le droit de tout louer, qu'à celui qui s'écriait dans son nouveau tableau de Paris : *O directoire, que tu es grand! que tu es ferme! que tu es majestueux! que ton attitude est imposante.*

MERCIER.

Je ne m'en cache pas, moi. J'ai toujours fais cas, sans m'embarrasser des noms, du pouvoir qui nommait des inspecteurs de la loterie, et qui donnait à dîner. Dans cette autre vie, à laquelle

---

(1) *Génie du christianisme.*
(2) Ode sur l'évacuation du territoire français.

nous tenions tant, *j'aimais mieux ces oiseaux qui servaient à notre nourriture, que ces autres qui ne sont que des musiciens envoyés pour charmer nos banquets* (1). Ce n'est pas sans motif que je préférais en peinture les tableaux de *Chardin* qui représentaient de la raie et des gigots de mouton, au plus beaux ouvrages de *David* et de *Raphaël*. J'ai laissé sur la terre beaucoup d'amis, qui ont les mêmes opinions sur la politique, la peinture et la bonne chère. Il y en a un surtout que ma mort a fort affligé; mais l'affliction *qu'il en a*, comme dit votre *Boileau* dans une lettre à votre *Racine*, *est une affliction à la puymaurine, je veux dire fort dévorante, et qui ne lui a pas fait perdre la mémoire des soles et des longes de veau.* Car *Puymaurin* était comme moi; *Puymaurin*, dit l'éditeur de Boileau, *aimait les plaisirs de la table* (2).

LA HARPE, *avec dédain.*

Mercier combat Newton, Voltaire et le bon sens.
Il sera ridicule; il le veut, j'y consens. (3)

(Il s'en va.)

---

(1) *Génie du christianisme.*

(2) Passage littéral d'une lettre de Boileau à Racine, en date du 26 mai 1687. — *Boileau*, édit. de Blaise, tom. 4, p. 85.

(3) *Chénier. Discours sur la calomnie.*

MERCIER.

Allez, allez.... Qu'il me sera facile d'oublier les outrages de ces petits professeurs de lycée, de ces êtres *rabougris* (1), si vous, madame, qui êtes *les grâces du jour, et que la nuit aime comme la rosée*, vous prenez pitié d'un pauvre diable, *ignoré des grands, méprisé de la foule, rejeté comme les balayures du monde!* (2)

MADAME DE STAEL.

Oui, comptez y bien, mon cher Mercier, vous me faites pitié.

MERCIER, *d'un ton exalté.*

Vous vous *avancez comme l'aurore; vous vous élevez* au-dessus de cet élysée lui-même *comme la fumée de l'encens... Votre bouche est une grenade entr'ouverte, et vos yeux sont purs comme les piscines d'Hésébon....* (3). *Oui, vous êtes brillante comme un rose mystique sur un trône de candeur, semblable à la galère athénienne*

---

(1) Expression familière à Mercier.

(2) *Itinéraire*, tom. 1, p. 144.

(3) *Martyrs*, tom. 2.

chargée de porter les présens sacrés de Cérès (1). *Ah ! je vous en conjure par les chevreuils des montagnes, soutenez-moi avec des fleurs et des fruits, car mon âme s'est fondue à votre voix. Vents de milieu du jour, soufflez dans les mandragores* (2). *O vous, que j'aime comme une grappe de raisin qu'on trouve dans un désert brûlant, mettez-moi comme un sceau sur votre cœur* (3).

MADAME DE STAEL.

Le mien *se fend de délices*, à ces discours si profondément mélancoliques, et où respire tout le charme du sentiment. Mais laissons, laissons les mystères du cœur. *Ils sont comme ceux de l'antique Egypte ; tout profane qui cherche à les découvrir, sans être initié, est subitement frappé* (4).

---

(1) *Genie du christianisme.*

(2) *Martyrs*, tom. 2.

(3) *Martyrs*, tom. 2, p. 141.

(4) *Génie du christianisme.* C'est par une attention délicate que Mme. de Staël puise dans le même fond que Mercier, et ne prend pas cette fois dans le sien.

CHAPITRE VI.

L'admission de Napoléon au séjour des immortels est célébrée par des fêtes d'une magnificence extraordinaire. — Parmi les nouveaux venus on remarque l'empereur de la Chine *Kea-King*. — L'académie élyséenne envoie une députation à Napoléon pour le recevoir et l'introduire. — Sa réponse.

Ces conversations et beaucoup d'autres, qu'il est inutile de rapporter, précédèrent le moment marqué pour l'admission définitive de Napoléon au séjour des immortels. Tout ce qui avait été ordonné et disposé pour cette fête de la gloire fut exécuté avec un ensemble et une pompe qui lui donnèrent, aux yeux même de ses fortunés habitans, une grandeur sans exemple et un caractère extraordinaire. Tous les chefs-d'œuvre de l'industrie et des arts, qui ont illustré une des époques les plus brillantes de l'histoire des hommes, furent tout à coup, par une opération magique, exposés sous les yeux de la population élyséenne. Une musique ravissante, dirigée par *Hayden*, *Mozart*, *Cimarosa*, *Paisiello*, *Méhul* et *Grétry*, portait dans ces nobles cœurs une vive émotion et une douce volupté ; mais le plus grand de tous les spectacles qu'offrit cette journée d'apothéose, ce fut la représentation de ces batailles mémorables qui décidèrent du sort des empires, et donnèrent à la France victorieuse une incontestable suprématie, *Arcole*, *Rivoli*, *Marengo*, *Austerlitz*, *Jéna*, *Friedland*, *Wagram*. On vit avec un profond attendrissement les chefs des héros français rendant hommage au premier de tous, *Desaix*, *Kleber*, *Masséna*, *Joubert*, *Hoche*, *Lannes*, *Berthier*, *Ney*, *Lefèvre*, *Kellerman*, *Brune*, *Serrurier*, *Pérignon*, *Bessières*, *Poniatowski*. Quelques-uns en petit nombre, à qui cette circonstance paraissait rappeler de douloureux souvenirs, s'éloignant du lieu de la scène, promenaient leurs rêveries mélancoliques dans un bois de cyprès et de mélèses, qu'arrose d'un de ses canaux le fleuve du Léthé. Les rois et les grands hommes de tous les siècles s'approchaient de Napoléon, avec une curiosité mêlée d'amiration, et l'entretenaient de l'histoire de sa vie et de la leur. Parmi les plus sages et les plus éclairés de ces princes, on en remarquait un, peu connu de l'Europe, l'empereur de la Chine *Kea-King*, qui, suivant la gazette de Pékin, *s'est mis en route dans le septième mois de l'année pour aller voyager parmi les immortels*. Il développait avec calme et profondeur son système de gouvernement, fondé sur cet axiôme, *qu'il n'y a qu'une puissance légitime, celle de la raison* (1).

Il n'est donné ni à l'esprit humain ni à la langue des vivans de comprendre et d'exprimer tant de grandeurs, tant de pompes, tant de merveilles.

Une députation de l'académie élyséenne vint inviter Napoléon, au nom de ses anciens et nouveaux confrères, à venir assister à la séance qui lui était spécialement consacrée. *On a retenu de sa réponse* les passages suivans :

« Admis à partager avec vous l'immortalité qui » fut le but de nos travaux dans l'autre vie, je » vous demande, non de vains éloges, désormais » sans objet, *Fontanes* sait que j'en suis rassasié, » mais votre estime et la vérité. Je ne serais » point ici peut-être, si j'avais voulu toujours » l'entendre, et si on avait eu quelquefois le » courage de me la dire.... L'Europe ne saura

---

(1) *Le Glaneur indou-chinois*, journal imprimé à Malaca.

» ce que je valais qu'à présent que je n'y suis » plus. Il n'y avait que moi d'assez fort pour dompter d'une main l'Angleterre et de l'autre con» tenir la Russie (1). Je suis mort avec l'expé» rience de mille ans, et le sentiment d'un ins» tant (2). Que n'ai-je perdu la vie pour la gloire » et pour l'indépendance de la France, à la » tête de l'armée !.... » (3).

---

(1) *Mémoires sur* 1815, par M. Fleury de Chaboulon, t. 2, p. 20

(2) Journaux anglais et français.

(3) Les mêmes.

CHAPITRE VII.

SÉANCE DE L'ACADÉMIE ÉLYSÉENNE.

PREMIÈRE PARTIE.

Luce de Lancival, l'un des secrétaires de l'académie, annonce l'ordre des lectures. — Il cite comme des autorités en faveur de *Napoléon* et à la louange des guerriers de la France et de leur chef, de beaux passages de M. *le duc de Cadore*, de M. *le comte Portalis*, de M. *le comte de Chabrol*, de M. *de Fontanes*, de M. *l'avocat-général Marchangy*, de M. *le vicomte de Châteaubriand*, et de M. *le comte Molé*.

La séance s'ouvre sous la présidence de *Bernardin de St.-Pierre*.

L'académie élyséenne a deux secrétaires, l'un pour la prose et l'autre pour la poésie. Ils ne sont pas *perpétuels* comme ceux de l'académie française; mais quoique temporaires, ils durent davantage. On les renouvelle tout les *cent ans*.

On vient d'élire pour un siècle *Luce de Lancival*, auteur d'*Hector*, et *Vigée*, ci-devant rédacteur de l'Almanach des Muses et lecteur du Roi.

Luce fait connaître en peu de mots l'objet de cette solennelle séance, qu'ont vôtée par acclamation les pairs immortels, (c'est leur titre bien légitime) qui composent l'auguste académie.

Il annonce qu'après lui on entendra, pour célébrer l'admission de Napoléon, son panégyrique par madame *la Baronne de Staël*, un fragment historique par le père *Dotteville*, des pensées diverses par *Mercier*, un extrait de poésies héroïques et lyriques par *Vigée*, des citations de chansons et vaudevilles par *Laujon*, et enfin des morceaux de musique, adaptés à la circonstance, par les compositeurs qui surent le mieux la chanter.

Luce, par une figure de rhétorique qui lui était familière, quand il professait avec tant de succès au *Lycée impérial*, fait le plus magnifique éloge des hauts faits de l'ancien Empereur, tout en disant qu'il s'en abstient, et qu'il laisse ce soin à tant d'hommes plus habiles que lui, qui servirent et louèrent si bien ce héros tant qu'il fut tout-puissant. Il cite encore son illustre collègue *Fontanes*, inépuisable sur cette matière, et reprend entr'autres ce beau passage, qui figurait dans une de ses plus fameuses harangues, et qu'il regrette de lui avoir vu omettre dans son discours du 5 mai dernier : « *Un seul homme a rempli ces deux grandes destinées, savoir vaincre et savoir gouverner ; il a traversé l'Europe en vainqueur, sous des arcs de triomphe élevés à sa gloire, des bornes de l'Italie jusqu'aux extrémités de la Pologne. Dans les champs de Marengo et d'Iéna, ce génie infatigable méditait le bonheur de ses peuples* (1).

En vain a-t-on dit, continue le secrétaire séculaire, que ce règne si glorieux avait commencé par l'usurpation. Non, s'est écrié le grand orateur que je viens de citer, *il n'a détrôné que l'anarchie. Le peuple Français*, ajoute avec énergie *M. le duc de Cadore, a manifesté sa volonté libre et indépendante ; il a voulu la dignité impériale dans la descendance de Napoléon. Dès ce moment, Napoléon a été, au plus juste des titres, Empereur des Français ; nul autre n'etait nécessaire pour constater ses droits et consacrer son autorité* (2).

J'aime à répéter avec notre collègue *Portalis*, que *sous le règne de Napoléon, le peuple Français a prouvé qu'il n'avait plus qu'un même esprit, qu'un même cœur, et qu'il était devenu comme un seul homme* (3).

---

(1) Moniteur du 4 novembre 1808.

(2) Moniteur du 11 nivose an 13.

(3) Moniteur du 5 vendémiaire an 14.

Quelle allégresse, quel enthousiasme éclatèrent quand le ciel lui accorda un fils! Ecoutez, pairs immortels, ce qu'exprimait si bien à ce sujet, *M. le comte de Chabrol*, sous-préfet de la Seine, maintenant encore préfet de la Seine, et ministre d'Etat :

« *Au premier cri d'alarme, le berceau du royal enfant serait environné de cette population fidèle; tous tiendraient à honneur de lui faire un rempart de leur corps. Qu'importe la vie devant les immenses intérêts qui reposent sur cette tête sacrée?* » (1).

» L'accent de la vérité, non moins que la délicatesse des formes, se faisait remarquer dans les justes éloges dont Napoléon fut incessamment l'objet.

» Quel tour ingénieux offre ce beau passage d'un plaidoyer de M. de Marchangy, alors substitut du procureur impérial, maintenant avocat-général, où, dans un style digne de celui de la *Gaule poétique* et de ses éloquens *réquisitoires*, il exalte les exploits guerriers du peuple Français et de son chef, en leur recommandant les vertus de l'hospitalité!

» *Maintenant qu'attirés par le bruit de notre cé-*

(1) Moniteur du 28 décembre 1812.

lébrité, disait M. de *Marchangy*, *ceux des nations les plus éloignées viennent visiter cette France magnanime, proclamée l'héritière de Rome et d'Athènes, et devenue à son tour la terre classique des beaux-arts et de l'héroïsme, nous devons plus que jamais pratiquer cette vertu généreuse, afin que si l'étranger est jaloux à la vue des monumens que la victoire éleva dans nos remparts, que s'il rougit devant nos trophées, il trouve dans nos relations sociales, un peuple affable, dont la bonté fait pardonner la gloire, et dont la douceur fait oublier la puissance.* » (1).

» Où trouver un plus beau et plus rapide tableau des grandeurs du règne de Napoléon, que celui qui en fut tracé par l'illustre auteur du *Génie du Christianisme*, le président de la Société des *Bonnes-Lettres*, le *hérault* des *héros?* (2). Le noble

---

(1) Plaidoyer de M. de *Marchangy*, substitut du procureur impérial, dans la cause entre Malte-Brun et Dentu. — Paris 1811.

(2) *Extrait de la Quotidienne, du 21 août* 1821.

SOCIÉTÉ DES BONNES LETTRES.

La Saint-Louis n'est pas seulement la fête de S. M. : c'est encore la fête de tous les royalistes. La société des bonnes lettres ne pouvait donc laisser passer ce jour solennel sans le fêter par une réunion générale. Cette réunion a eu lieu chez Grignon. Elle était présidée par M. le vicomte de Châteaubriand, pair de France, qui a succédé à M. de Fontanes dans la présidence de la société. La joie la plus

vicomte veut prouver que nos soldats n'auraient pas fait tant de prodiges de valeur, sans leur *croyance en Dieu.*

---

franche, la gaité la plus royaliste, l'expression des sentimens les plus vifs d'amour pour le monarque et son auguste famille, ont fait de tous côtés explosion à cette fête, à laquelle étaient invités plusieurs hommes de lettres, et qui a été honorée de la présence d'un grand nombre de personnages aussi distingués par leur naissance que par les fonctions importantes qu'ils remplissent dans l'État.

Divers toasts ont été portés, le premier au *Roi*, par M. le vicomte de Châteaubriand; le second à *Monsieur*, par M. le marquis d'Herbouville; le troisième à *Mgr. le duc d'Angoulême*, par M. le duc de Fitz-James; le quatrième à *Mgr. le duc de Bordeaux*, par M. le baron Trouvé; et le cinquième à *Mademoiselle*, par M. Agier.

Tous ces toasts ont été portés avec le plus vif enthousiasme.

Le couplet suivant de M. le comte Dulau a eu un grand succès.

Royalistes si pleins de zèle,
Nobles défenseurs des Bourbons,
Que n'ai-je la palme immortelle
Dont je voudrais parer vos fronts.
Pour vaincre une ligue perfide,
Sauver la légitimité,
Suivons le preux qui nous préside,
Ce héros de fidélité.

M. de Châteaubriand qu'on ne pouvait désigner plus clairement que par les épithètes de *héros de fidélité*, s'est levé et a dit que c'était malgré lui qu'on avait chanté ces couplets; (on n'a pas voulu l'entendre sur cet article) il a ajouté avec cette modestie qui est toujours la compagne du vrai talent, je ne mérite pas plus que tous les royalistes qui sont ici le titre de *héros de la fidélité*; cependant, Messieurs, je l'accepte avec un léger changement, et je consens que l'on

» *De nos jours et sous nos propres yeux, est-ce des athées qui ont abaissé la cîme des Pyrénées et des Alpes, effrayé le Rhin et le Danube, subju-*

---

dise que, dans mes écrits, j'ai été le *hérault* de la fidélité des royalistes. Cet à-propos qui nécessairement perd beaucoup de son prix sous la plume, et raconté à froid, a été accueilli avec les plus vifs applaudissemens.

Je ne veux point omettre le nom de M. le chevalier de Chazet, qui a été un des principaux acteurs de ce banquet vraiment royaliste ; je voudrais pouvoir rapporter toutes les improvisations qu'il lançait au milieu de l'assemblée, à la suite de chaque toast. Malheureusement ma mémoire ne me les rappelle qu'imparfaitement, et je craindrais de leur faire perdre quelque chose de leur heureuse facilité, en les citant mal.

Après que tous les toasts à la famille royale ont été achevés, tous les yeux se sont naturellement tournés vers le président, et sa santé a été portée avec cette effusion qu'inspirait la présence du noble écrivain qui a toujours combattu pour la monarchie, et dont tous les écrits ont été de grands événemens. A la suite de cette santé, M. de Chazet, toujours heureusement secondé par sa verve improvisatrice, a sur-le-champ lancé ces deux vers :

Oui, de Châteaubriand, amis, suivons les pas ;
La France n'en a qu'un ; l'Europe n'en a pas.

M. Martainville, dont la gaîté toujours franche, la verve toujours intarissable, ont éclaté en mille manières pendant le banquet, et dont les bons mots se succédaient rapidement et sans relâche, a chanté des couplets qui ont pour titre : *La joie des libéraux à la naissance de Mgr. le duc de Bordeaux*. Ces couplets extrêmement piquans ont été redemandés à l'unanimité. On a voulu savoir le nom de l'auteur ; M. Martainville a dit qu'ils étaient de M. *Dérangé*, saillie qui a beaucoup fait rire.

gué le Nil, fait trembler le Bosphore; qui ont vaincu aux champs de Fleurus et d'Arcole, aux lignes de Weissembourg et aux pieds des Pyramides, dans les vallées de Pampelune et dans les plaines de Bavière; qui ont mis sous leur joug l'Allemagne et l'Italie, le Brabant et la Suisse, les îles de la Batavie et les îles de la Grèce, Munich et Rome, Amsterdam et Malte, Mayence et le Caire? Est-ce des athées qui ont gagné plus de soixante batailles rangées et plus de cent forteresses, qui ont rendu vaine la coalition de huit grands empires, et fait trembler les souverains des Indes derrière les solitudes de l'Asie? Est-ce des athées qui ont accompli tant de prodiges?... (1).

» Je ne puis mieux terminer ce peu de mots, à l'insuffisance desquels suppléront les orateurs qui vont me suivre, qu'en vous rappelant ce que disait avec un tour d'expression si heureux et si piquant, l'ancien grand-juge ministre de la justice de l'em-

---

Cette narration a, je le sens, la sécheresse d'un procès-verbal; mais comment décrire ces mouvemens d'une gaité électrique qui circulaient dans tous les rangs; comment rapporter ces mots rapides comme l'éclair, ces traits qui partaient de tous côtés comme les bouchons de vin de Champagne; tout cela se décolore sous la plume; et il faut se contenter d'être historien exact.

(1) M. de Châteaubriand. *Génie du christianisme.*

pereur, *M. le comte Molé*, pair de France, ex-ministre de la marine du roi :

« *Si un homme du siècle des Médicis ou du siècle de Louis XIV revenait sur la terre, et qu'à la vue de tant de merveilles, il demandât combien de règnes glorieux, de siècles de paix il a fallu pour les produire, vous répondriez qu'il a suffi de douze années de guerre et d'un seul homme.* » (1).

D'unanimes applaudissemens ayant prouvé au secrétaire Luce de Lancival la satisfaction de l'honorable assemblée, on croyait entendre après lui madame de Staël ; mais cette dame, avec la grâce et le bon goût qui la caractérisent, cède son rang d'inscription au respectable père *Dotteville*. Chacun, dans ce noble institut de l'autre monde, cherche à le dédommager, par des égards et des hommages, de l'injustice criante de celui de France, qui n'a pas su s'honorer en admettant dans son sein l'auteur de deux estimables traductions de *Salluste* et de *Tacite*.

---

(1) Moniteur du 12 mars 1813.

DEUXIÈME PARTIE.

Le père *Dotteville* lit une traduction de fragmens rapprochés de *Cicéron*, de *Tacite*, de *Cornelius-Nepos*, d'*Aurelius-Victor*, où se trouve, par une suite d'allusions frappantes, l'histoire abrégée des dernières années.

Le Père DOTTEVILLE.

Chers collègues et pairs immortels,

Vous avez conservé de l'autre vie, avec toutes vos qualités, quelques-uns de vos plus aimables défauts. Un de ceux auxquels il nous est le plus agréable de nous livrer dans ce séjour de délices, c'est la paresse, et certainement nous n'y manquons pas. (On sourit.)

Les longs ouvrages nous font peur.

LAFONTAINE.

Pour la commodité de nos esprits immortellement paresseux (on rit), j'ai réduit l'histoire en petits fragmens, et comme chacun doit, à cette honorable assemblée, le tribut de son talent, traducteur de mon métier, j'ai traduit, pour en faire comme une histoire abrégée de la circonstance qui nous réunit, divers passages de nos vieux auteurs latins, et j'ai composé de tous ces petits morceaux une table de mosaïque. On pourrait, avec ce système, mettre toute l'histoire des Grecs et des Romains sur une feuille de *lotus*. (On rit plus fort.)

Nota. Le texte qui suit est en regard, afin qu'on puisse juger de la fidélité du traducteur.

Mosaïque historique.

TEXTE LATIN.

Unus nobis restituit rem (*Ennius*

Cum tyranni... servitute.. oppressas tenerent athenas, plurimos cives quibus pepercerat fortuna, partìm patriâ expulissent, partìm interfecissent, non solum princeps sed solus bellum his indixit. (*Cornelius Nepos in Trasybulo.* Cap. 1.)

Usus est non minus prudentiâ quam fortitudine..... Cives civibus parcere æquum censebat. (*Ibid.* Cap. 2.)

Felix ac prudens, armis præcipuè, adeò ut nullo congressu nisi victor discesserit, auxeritque imperium. (*Aurelius Victor de Cœsaribus in septimo severo.*)

Consulem se ferens.... Militem donis, populum annonâ pellexit; insurgere paulatim, munia senatûs, magistratuum, legum in se trahere, nullo adversante, cum ferocissimi per acies aut proscriptione cecidissent; cæteri nobilium, quanto quis servitio promptior, opibus et honoribus extollerentur; ac novis ex rebus aucti tuta et præsentia quam vetera et periculosa mallent. Neque provin-

Mosaïque historique.

TRADUCTION.

« Un homme a paru, qui seul a sauvé la chose publique.

Lorsque notre patrie gémissait sous le joug des tyrans, qui avaient exilé ou fait périr un grand nombre de citoyens, cet homme fut le premier, il fut le seul qui osa les combattre.

Il ne se distingua pas moins par sa modération que par sa magnanimité. Il mit fin à nos guerres civiles; sa justice fut égale pour tous.

Il fut profond dans sa politique, et surtout heureux dans les combats. Il en sortit toujours victorieux, et il recula au loin les bornes de l'empire.

Il prit le titre de consul, et sut s'attacher le soldat par la libéralité, et le peuple par l'abondance. On le vit, s'élevant peu à peu, attirer à lui seul les prérogatives du sénat, des magistrats et de la législature. Nul ne s'y opposait; les têtes les plus exaltées étaient tombées ou sous le fer de l'ennemi, ou sous la hache de la proscription. Ce qui restait des noble était comblé de richesses et d'honneurs,

ciæ illum rerum statum abnuebant. (*Tacit. Annal.* Lib. I. art. 2.)

Quæ quidem, vir summe, tibi omnia belli vulnera curanda erant; quibus, præter te, nemo mederi potuit. (*Cicer. pro Marcello.* Cap. 8, art. 24.)

Posteritas quæ miretur multa habet.... Obstupescent posteri certè imperia, provincias, Rhenum, Oceanum, Nilum, pugnas innumerabiles, incredibiles victorias, monumenta innumera, triumphos audientes et legentes tuos. (*Ib.* Cap. 9.)

Quum patriæ quod debes solveris et naturam ipsam expleveris satietate videndi, *Satis diù vixisse* dicito. Iste tuus animus nunquam his angustiis, quas natura nobis ad vivendum dedit, contentus fuit, semperque immortalitatis amore flagravit. Nec verò hæc tua vita ducenda est quæ corpore et spiritu continetur. Illa, inquam, illa vita est tua quæ vigebit memoriâ sæculorum, quam posteritas alet, quam ipsa æternitas semper tuebitur. (*Cicer. pro Marcello.* Cap. 9.)

chacun à proportion de son empressement à obéir; et ceux qui avaient gagné au nouveau régime, préféraient la sûreté du présent aux périls du passé. Les provinces adoptèrent et aimèrent le nouvel ordre de choses.

C'est à vous, ô grand homme! qu'il appartenait de fermer les plaies que la guerre a faites à la patrie; vous seul étiez capable d'y porter remède. Combien n'offrez-vous pas à la postérité de sujets d'admiration! Tant d'armées menées par vous à la gloire, tant de provinces conquises, tant de batailles et de victoires incroyables, dont furent témoins le Rhin, l'Océan, le Nil, tant de triomphes, tant de monumens élevés en votre honneur, voilà ce qui frappera d'étonnement les races futures, au récit de vos exploits ou à la lecture de votre merveilleuse histoire.

Puisque vous avez payé votre dette à la patrie et satisfait au vœu de la nature, maintenant rassasié de vivre, vous êtes libre de dire: *J'ai vécu assez long-temps*. Votre grand cœur ne s'est point resserré dans les bornes étroites que la nature a fixées à notre existence. Toujours il fut embrâsé par l'amour de l'immortalité. Pour vous la vie n'était pas ce vain souffle dont le corps est animé. Votre vie, la vie qui vous était propre, c'est celle qui devra sa force à la mémoire de tous les siècles, son sou-

Subito vir ille maximus extinguitur ingenti luctu provinciarum et circumjacentium populorum. Indoluêre exteræ nationes. (*Tacit. Annal.* Lib. 2, art. 72.)

Fuit quondam ità firma hæc civitas et valens, ut negligentiam senatûs vel etiam injurias civium ferre posset : jam non potest. Sustinere populus omnium nationum, vim, arma, bellum non potest. Vectigalibus non fruuntur, qui redemerunt : auctoritas principum cecidit : consensus ordinum est divulsus : homines spe largitionis promissionibusque capti, aut postremò, ut sæpè videmus, mercede conducti. Judicia perierunt : suffragia descripta tenentur à paucis. (*Cicer. in Verr.* Lib. 3. Cap. 89. *De Arusp.* Cap. 28, *et de Offic.* Lib. 2.)

Triste exemplum, sed in posterum salubre juventuti erimus. (*Cic. Tuscul.* Lib. 2.)

tien à la postérité, sa garantie à l'éternité même.

Quand on apprit tout-à-coup que ce grand homme n'était plus, sa mort répandit la consternation dans les provinces et chez les peuples voisins. Les nations étrangères elles-mêmes pleurèrent ce héros.

Il fut un temps où l'État jouissait d'une constitution assez vigoureuse pour pouvoir subsister, malgré les plaintes des citoyens et l'indolente servilité du sénat. Il ne le peut plus aujourd'hui ; la nation n'aurait plus rien à opposer à la guerre extérieure, à la violence, à l'invasion des armes étrangères. Le produit des contributions n'est d'aucun profit pour le peuple qui les paie ; le gouvernement est sans confiance et sans autorité ; la division règne dans les corps constitués, des fonctionnaires faibles et cupides, se laissant corrompre par l'appât des places et de l'argent, trafiquent lâchement de leur opinion ; la magistrature est avilie ; le droit d'élection usurpé est abandonné à un petit nombre d'hommes.

Nous offrons un exemple déplorable, mais une leçon salutaire, à la génération naissante, qui en saura profiter. »

Un bruit flatteur qui accompagne l'orateur jusqu'à sa place, lui prouve que l'assemblée a saisi ses applications, et qu'elle lui sait gré de son ingénieux travail.

TROISIÈME PARTIE.

Panégyrique de Napoléon, extrait littéralement des ouvrages de Madame de Staël, et prononcé devant l'académie élyséenne par cette dame célèbre.

Au moment où madame de Staël s'avance pour parler, un murmure de surprise et de plaisir, dans le genre du *hear! hear!* des Anglais, circule avec son nom, et se prolonge dans l'assemblée. L'auteur de Corinne s'exprime ainsi :

PAIRS IMMORTELS,

Vous vous étonneriez avec raison de m'entendre parler ici de l'hôte illustre qui nous arrive, si quelque chose pouvait étonner encore vos grandes et nobles âmes. Vous m'avez trop bien connue et jugée, pour supposer que je puisse manquer de générosité et de respect envers une haute destinée qui s'est accomplie ; et cependant vous vous souvenez que, dans ce pays des illusions, où nous nous sommes un instant rencontrés, j'ai parlé, j'ai écrit dans un autre sens.

Mes passions, si vives et si tendres, vous diront le secret de mes haines, d'ailleurs si peu profondes.

Un amour ardent de la liberté, l'aversion de l'arbitraire, le mépris de la force, le ressentiment d'une injuste et opiniâtre persécution, m'ont inspiré des préventions et des animosités que n'ont pu vaincre ni la sagacité de mon jugement, ni l'étendue de mon esprit, ni ma constante admiration pour tout ce qui est grand, extraordinaire, sublime.

Songez qu'il peut y avoir *des mystères dans les circonstances, comme il y a des secrets dans les sentimens* (1).

La méditation m'a fait découvrir sur l'homme merveilleux qui nous occupe, des aperçus nouveaux. *Les âmes capables de réflexion se plongent sans cesse dans l'abîme d'elles-mêmes, et n'en trouvent jamais la fin* (2).

A une époque qui n'est plus que dans nos souvenirs et dans les affections de nos amis, je me jetais *en avant de la vie*, et j'avais *je ne sais quelle fièvre dans les idées, qui ne me permettait pas de con-*

---

(1) *Corinne*, t. 1, p. 133.
(2) *Ibid.*, t. 3, p. 54.

former mes raisonnemens à ma *conduite, ni* ma *conduite à* mes *raisonnemens* (1).

J'ai estimé et aimé qui je n'estime et n'aime plus. J'aime et j'estime qui je n'aimais et n'estimais pas.

Ne croyez point cependant, Pairs immortels, que je hasarde sur Napoléon des vues et des idées nouvelles. La surabondance qui s'en est de tout tems manifestée en moi m'en donnerait peut-être encore la faculté, si elle ne nous était pas ôtée par les statuts de la vie immortelle. Nul de nous hélas! *ne peut sortir de la région intellectuelle qui lui fut autrefois assignée* (2).

Ce que je vais vous dire, je l'ai donc déjà dit et écrit. Je n'ai eu qu'à dégager mes pensées de l'entourage et de la monture, que la circonstance, joaillier de faux, m'avait fournis.

Napoléon, comme vous, comme moi, a cessé de se désaltérer au torrent des eaux enivrantes de la vie... Pairs immortels, le flot de la vie a tout emporté, et voilà *cette grande ombre qui descend vers vous du sommet de la montagne, et qui montre du doigt la vie à venir* (3).

---

(1) *Corinne*, t. 2, p. 382.
(2) *Ibid*, t. 1, p. 22.
(3) *Considérations sur la révolution*, t. 2, p. 311.

Je ne me livrerai point, comme on ne se l'est que trop permis, à des déclamations de tout genre contre Napoléon (1). *Il ne faut pas attaquer un homme de ce genre par les déclamations communes. Tout homme qui a produit un grand effet sur les autres hommes doit être approfondi pour être jugé* (2).

Il faut convenir que des courtisans ingrats méritèrent bien le mépris que leur maître professait pour l'espèce humaine (3).

Les calomnies qu'on lui a prodiguées me semblent plus viles encore que les adulations dont il fut l'objet. Les persécutions que Bonaparte m'a fait éprouver n'ont pas exercé d'influence sur mon opinion. Il m'a fallu plutôt au contraire résister à l'espèce d'ébranlement que produisent sur l'imagination un génie extraordinaire et une grande destinée, et je me suis assez volontiers laissée séduire par la satisfaction que trouvent les âmes fières à défendre un homme malheureux, et par le plaisir de se placer ainsi plus en contraste avec ces écrivains et ces orateurs qui, prosternés la veille

---

(1) *Considérations*, t. 2; t. 13 *des OEuvres complètes*, p. 133.

(2) *Ibid.*, t. 2 et 13, p. 225.

(3) *Ibid*, t. 2 et 13, p. 408.

devant lui, ne cessaient de l'injurier le lendemain, en se faisant bien rendre compte de la hauteur des rochers qui le renfermaient (1).

Bonaparte fut lui-même son propre ouvrage. Ce fut par la force des choses et par celle de son génie qu'il entra de plein droit en possession de l'immense héritage de la révolution. Comme nous vîmes croître graduellement ce géant! chaque pas qu'il faisait vers le suprême pouvoir, était répété par les échos retentissans de la postérité.

Il prit par degrés la place que tenait la révolution dans toutes les têtes, et reporta sur son nom seul tout le sentiment national qui avait grandi la France (2).

Bonaparte se faisait remarquer par son caractère et son esprit autant que par ses victoires, et l'imagination des Français s'attachait vivement à lui (3).

Avant l'époque à jamais mémorable du 18 brumaire, *on entendait dans le gouvernement cette sorte de craquement qui précède la chute de l'édifice* (4). TOUS LES YEUX SE FIXÈRENT SUR LE CONQUÉRANT DE L'ITALIE ET DE L'EGYPTE.

---

(1) *Considérations*, t 2 et 13, p. 411.

(2) *Ibid.*, t. 2, p. 229.

(3) *Ibid.*, t. 2, p. 195.

(4) *Ibid.*, t. 2, p. .....

La supériorité de son esprit en affaires, jointe à l'éclat de ses talens comme général, donnait à son nom une importance que jamais un individu quelconque n'avait acquise depuis le commencement de la révolution (1).

C'était au 18 *brumaire la première fois depuis* 1789, *qu'on entendait un nom propre dans toutes les bouches... On ne parlait plus que de cet homme qui devait se mettre à la place de tous, et rendre l'espèce humaine anonyme en acccaparant la célébrité* (2).

Un concours unique de circonstances mettait à la disposition d'un homme les lois de la terreur et la force militaire créée par l'enthousiasme républicain (3).

Toutes les existences individuelles étaient anéanties par dix ans de troubles, et rien n'agit sur un peuple comme les succès militaires (4).

On était si fatigué des opprosseurs empruntant le nom de la liberté, et des opprimés regrettant l'arbitraire, que l'admiration ne savait où se prendre

---

(1) *Considérations*, t. 2 et 13, p. 171.

(2) *Ibid.*, p. 238.

(3) *Ibid.*, p. 255.

(4) *Ibid.*, p. 253.

et le général Bonaparte sembla réunir tout ce qui devait la captiver (1).

Tous les biens acquis par la révolution, auxquels la France ne renoncera jamais volontiers, étaient encore menacés par les continuelles imprudences du parti qni veut refaire la conquête des Français, comme s'ils étaient encore des Gaulois; et la partie de la nation qui craignait le plus le retour de l'ancien régime a cru voir dans Bonaparte un moyen de l'en préserver (2).

On ne peut nier la vérité de ce mot qu'il a dit : J'AI TROUVÉ LA COURONNE DE FRANCE PAR TERRE, ET JE L'AI RAMASSÉE. *C'était la France elle-même qu'il fallait relever* (3).

Son heureuse destinée remettait entre ses mains une nation de quarante millions d'hommes, une nation assez aimable pour influer sur l'esprit et sur les goûts européens. Il aurait pu, à l'ouverture de ce siècle, rendre la France heureuse et libre sans aucun effort (4).

Ah! *s'il avait voulu le triomphe d'une liberté sage et digne, l'énergie se serait montrée de toute*

---

(1) *Considérations*, t. 2 et 13, p. 193.

(2) *Ibid.*, p. 137.

(3) *Ibid.*, p. 219.

(4) *Ibid.*, t. 2, p. 339.

part, et une nouvelle impulsion eût animé le monde civilisé (1)......... Que n'a-t-il implanté en France ces principes politiques qui sont les remparts, les trésors et la gloire de l'Angleterre! Que n'a-t-il créé *ces institutions qui sont invincibles dès qu'elles ont duré dix ans!* (2).

Il y avait pourtant dans l'application une différence bien tranchante ; personne ne l'avait saisie mieux que lui, et ne l'a mieux exprimée.

Le principal motif de la révolution française, bien différent du principe aristocratique si fortement enraciné en Angleterre, *était l'amour de l'égalité L'égalité devant la loi fait partie de la justice et par conséquent de la liberté* (3).

« BONAPARTE a toujours cherché à s'emparer de » l'imagination des hommes, et il savait bien com- » ment il faut les gouverner, quand on n'est pas » né sur le trône (4). » A l'époque de son avènement au pouvoir, « il professait beaucoup de pré- » dilection pour les poésies d'Ossian, et M. de Tal- » leyrand l'a présenté au directoire, à son retour » d'Italie, en annonçant qu'il détestait le luxe

(1) *Considérations*, t. 2 et 13, p. 338.

(2) *Ibid.*, p. 338.

(3) *Ibid.*, p. 223.

(4) *Ibid.*, p. 203.

» et l'éclat, misérable ambition des âmes com-
» munes (1). » Son ardente et vaste imagination embrassait des projets qui dans un autre auraient passé pour extravagans et gigantesques.

» En 1805, lorsqu'il fut nommé roi d'Italie, il
» dit à Berthier : SIDNEY SMITH m'a fait manquer
» ma fortune à Saint-Jean-d'Acre. Je voulais partir
» d'Egypte, passer par Constantinople, et prendre
» l'Europe à revers pour arriver à Paris (2).

» Les Français, a-t-il dit, sont des machines
» nerveuses. Il voulait expliquer par là le mélange
» d'obéissance et de mobilité qui est dans leur
» nature. Ce reproche est peut-être juste; mais
» il est pourtant vrai qu'une persévérance, invin-
» cible depuis trente ans, se trouva au fond de ces
» défauts, et c'est parce que BONAPARTE a ménagé
» l'idée dominante qu'il a régné. Aux yeux des
» Français, le gouvernement impérial les préser-
» vait des institutions de l'ancien régime, qui leur
» sont particulièrement odieuses (3).

» L'armée politique du premier consul était com-
» posée de transfuges des deux partis. Les royalistes

---

(1) *Considérations*, t. 2 et 13, p. 200.

(2) *Ibid.*, p. 223.

(3) *Ibid.*, p. 387.

» lui sacrifiaient leur fidélité aux Bourbons, et les » patriotes leur attachement à la liberté (1). Les » anciens courtisans, en se ralliant au système » politique de BONAPARTE, n'avaient qu'une con- » cession à faire, celle de changer de maître (2). »

Bonaparte connaissait bien l'humeur brillante et guerrière de sa nation. *On luiobéissait parce qu'il donnait de la gloire militaire à la France* (3). Il a dirigé les esprits vers les succès militaires. Il avait parfaitement raison selon son but. *Il n'y a que deux genres d'auxiliaires pour l'autorité absolue, les prêtres ou les soldats* (4). *Ce sont les anciennes cariatides de l'autorité* (5)

« Il a dit de lui-même avec raison qu'il savait » jouer à merveille de l'instrument du pouvoir..... » Il se présentait dans l'arène des circonstances en » Athlète aussi souple que vigoureux, et son pre- » mier coup-d'œil lui faisait connaître ce qui dans » chaque personne ou dans chaque association » d'hommes pouvait servir ses desseins (6).

(1) *Considérations*, t. 2 et 13, p. 252.
(2) *Ibid.*, p. 295.
(3) *Ibid.*, p. 327,
(4) *Ibid.*, p. 339.
(5) *Ibid.*, p. 269.
(6) *Ibid.*, p. 249.

» Un aperçu rapide et sûr des circonstances est » ce qui le distinguait, et l'occasion ne s'est jamais » offerte à lui en vain (1). Il ne perdait son temps » ni dans la contemplation des idées abstraites, ni » dans le découragement de l'humeur (2).

» La puissance du gouvernement avait été don- » née par la nature à BONAPARTE ; mais c'était » plutôt parce que les hommes n'agissaient point » sur lui, que parce qu'il agissait sur eux, qu'il » parvenait à en être le maître. Ses succès sont » étonnans, ses revers plus étonnans encore. Ce » qu'il a fait avec l'énergie de la nation est admi- » rable (3).

» Comme il possédait un grand tact pour con- » naître parmi les hommes ceux qui pouvaient le » mieux le servir, il employait presque toujours » des têtes très-propres aux affaires dont il les char- » geait. On doit au gouvernement impérial les » musées des arts et les embellissemens de Paris, » des grands chemins, des canaux, qui facilitaient » les communications, enfin tout ce qui pouvait » frapper l'imagination en montrant, comme dans

---

(1) *Considérations*, t. 2 et 13, p. 224.

(2) *Ibid.*, p. 244.

(3) *Ibid.*, p. 378.

» le Simplon et le Mont-Cénis, que la nature » obéissait à Napoléon presqu'aussi docilement que » les hommes (1).

» Une grande partie de la noblesse française » s'est précipitée dans les cours de Napoléon et de » sa famille..... Lorsqu'on reprochait à un homme » du plus grand nom de s'être fait chambellan » d'une des nouvelles princesses, MAIS QUE VOU- » LEZ-VOUS, répondit-il ! IL FAUT BIEN SERVIR QUEL- » QU'UN. Quelle réponse ! toute la condamnation » des gouvernemens fondés sur l'esprit de cour » n'y est-elle pas renfermée (2) ?

» Malheureusement Napoléon a souvent pris sa » cour pour son empire. Il aimait mieux qu'on » le traitât comme un prince que comme un » héros (3).

» Les femmes, qui ne pouvaient servir en rien » ses desseins politiques, lui donnaient de l'hu- » meur quand elles s'en mêlaient. *(On sourit)*. » Il les considérait trop comme des rebelles....... » Il lui était resté une ancienne antipathie contre » la société brillante de Paris, sur laquelle les

---

(1) *Considérations*, t. 2 et 13, p. 362.
(2) *Ibid.*, p. 328.
(3) *Ibidem.*

» femmes exercent beaucoup d'ascendant. Il re-
» doutait en elles l'art de la plaisanterie, qui, l'on
» doit en convenir, appartient particulièrement
» aux Françaises. S'il avait voulu s'en tenir au su-
» perbe rôle de grand général et de premier ma-
» gistrat de la république, il aurait plané de toute
» la hauteur du génie au-dessus des petits traits
» acérés de l'esprit de salon (1).

» Il avait pourtant dit : LA PUISSANCE N'EST JA-
» MAIS RIDICULE (2), » et il savait mieux que personne combien son autorité et sa présence étaient imposantes.

« Quand je le vis pour la première fois à Paris,
» je ne trouvais pas de paroles pour lui répondre.
» Lorsque je fus un peu remise du trouble de
» l'admiration, un sentiment de crainte très-pro-
» noncé lui succéda, crainte qui n'était causée
» que par l'effet singulier de sa personne sur pres-
» que tous ceux qui l'approchaient (3).

» Chaque fois que je l'entendais parler, j'étais
» frappée de sa supériorité. Il racontait les faits
» politiques et militaires de sa vie d'une façon

(1) *Considérations*, t. 2 et 13, p. 300.

(2) *Ibid.*, p. 302.

(3) *Ibid.*, p. 195.

» très-intéressante. Il avait même dans les récits, » qui permettaient de la gaîté, un peu de l'imagina- » tion italienne (1). Sa conversation ne venait ni » du dehors ni du dedans. Elle passait entre la » réflexion et l'imagination (2). »

Parmi ce qu'on a dit de ridicule sur son compte depuis sa chute, rien de plus ridicule que le reproche de lâcheté. C'est une accusation dont ses compagnons d'armes ont fait justice.

« On a beaucoup répété qu'en s'éloignant d'E- » gypte, il avait déserté son armée ; mais il courait » de tels risques en traversant la mer couverte de » vaisseaux anglais, le dessein qui l'appelait en » France était si hardi, qu'il est absurde de traiter » de lâcheté son départ d'Egypte (3).

On peut penser diversement sur son génie et sur ses qualités ; « il y a quelque chose d'énigma- » tique dans cet homme, qui prolonge la curio- » sité ; chacun le peint sous d'autres couleurs, » et chacun peut avoir raison sous le point de » vue qu'il choisit. Qui voudrait concentrer son » portrait en peu de mots, n'en donnerait qu'une

---

(1) *Considérations*, t. 2 et 13, p. 197.

(2) *Corinne*, t. 1, p. 21.

(3) *Considérations*, t. 2 et 13, p. [illegible].

» fausse idée. Ceux qui l'ont beaucoup approché » lui trouvaient de la bonté familière.... (1). La » résistance véritable l'appaisait. Ceux qui ont » souffert son despotisme doivent autant en être » accusés que lui-même (2). Le dévouement de » quelques amis vraiment généreux est ce qui » parle le plus hautement en sa faveur (3). »

« Quel homme jamais fut plus actif, plus auda- » cieux dans les occasions importantes ?... Qui n'a » vu l'enthousiasme qu'il savait inspirer, et qui » pourrait nier qu'il a été un homme d'un génie » extraordinairement transcendant (4) ?

» Sa décadence morale date de 1813. C'est » alors qu'il commença à être atteint de cette sorte » d'engourdissement qui s'est montré dans son » caractère pendant la dernière crise de sa vie » politique.... Quoiqu'il n'en ait pas moins dé- » ployé depuis une extrême activité dans sa cam- » pagne de 1814, on peut dire que l'existence » physique s'était emparée de cet homme, autre- » fois si dominé par sa pensée. Il était, pour ainsi

---

(1) *Considérations*, t. 2 et 13, p. 153.
(2) *Ibid.*, p. 199.
(3) *Ibid.*, p. 153.
(4) *Ibid.*, p. 351.

» dire, épaissi d'âme comme de corps. Son génie » ne brillait plus que par intervalles. Il a succombé » sous le poids de la prospérité avant d'être » renversé par l'infortune (1). »

« C'est avec peu de justice qu'on lui a fait un » crime de son retour de l'île d'Elbe. *Napoléon* a » fait ce qu'il était naturel de faire en essayant » de regagner le trône qu'il avait perdu, et son » voyage de Cannes à Paris est une des plus » grandes conceptions de l'audace qu'on puisse » citer dans l'histoire (2).

Au retour de *Napoléon*, les royalistes eurent » la sottise de s'en réjouir d'abord, parce qu'ils » espéraient que les chambres sentiraient la né- » cessité de donner au roi le pouvoir absolu, » comme si cela se donnait! Le despotisme aussi- » bien que la liberté se prend et ne s'accorde » pas (3). »

« On a affecté d'appeler Bonapartistes ceux qui » soutiennent les principes de la liberté en France. » C'est à tort. Avec bien plus de raison, on pour- » rait attribuer ce nom aux partisans du despo-

(1) *Considérations*, t. 3 et 14, p. 405.

(2) *Ibid.*, p. 133.

(3) *Ibid.*, p. 131.

» tisme, à ceux qui proclament les maximes po- » litiques de l'homme qu'ils ont proscrit. Leur » haine contre lui n'est qu'une dispute d'intérêts, » et le véritable amour des pensées généreuses » n'y a point de part (1).

« Les partisans de *Napoléon* ne sont en général » que des amis de la liberté, qui s'étaient flattés » de l'obtenir de lui, et qui aimeraient encore » mieux un grand événement, quel qu'il pût » être, que le découragement dans lequel ils sont » tombés (2). »

« Les Français ont été haïs par les souverains » pour avoir voulu être libres, et par les nations » pour n'avoir pas su l'être.... Si l'on veut » toutefois blâmer, n'y aurait-il rien à dire sur « ces royalistes qui se sont laissé enlever le roi, » sans qu'une amorce ait été brûlée pour le dé- » fendre (3)? »

« Les royalistes n'ont maintenant rien de mieux » à faire que de se rallier aux institutions et aux » idées nouvelles, puisqu'il est si manifeste qu'il » ne reste plus rien à l'aristocratie de son ancienne

(1) *Considérations*, t. 3 et 14, p. 133.
(2) *Ibid.*, p. 337.
(3) *Ibid.*, p. 138.

» énergie. Les gentilshommes français se perdent » par la confiance dès qu'ils sont les plus forts, » et par le découragement dès qu'ils sont les plus » faibles. Leur confiance aveugle vient de ce qu'ils » ont fait un dogme de la politique, et qu'ils se » fient toujours comme les Turcs au triomphe de » leur foi. La cause de leur découragement, c'est » que les trois quarts de la nation étant à présent » pour le gouvernement représentatif, dès que » les adversaires de ce système n'ont pas 600,000 » baïonnettes étrangères à leur service, ils sont » dans une telle minorité, qu'ils perdent tout » espoir de se défendre (1). »

Toutes les classes de la société sont maintenant si éclairées en France, qu'on peut regarder la liberté et l'égalité devant la loi, qui est le premier de ses besoins, comme y étant indestructibles.

« Il faut dans un pays comme la France détruire les lumières si on ne veut pas que les » principes de la liberté renaissent (2). »

Non, « ce ne sont point les individus dans le » parti des émigrés qui déplaisent aux Français; » ils se sont mêlés avec eux dans les camps et à

---

(1) *Considérations*, t. 3 et 14, p. 138.

(2) *Ibid.*, p. 340.

» la cour de Napoléon ; mais comme la doctrine » politique des émigrés est contraire au bien de » la nation, et aux droits pour lesquels deux » millions d'hommes ont péri sur les champs de » de bataille, la nation ne pliera jamais volontiers » sous le joug des opinions émigrées. La charte, » en garantissant les bons principes de la révo- » lution, est le palladium du trône et de la pa- » trie (1). »

Ce panégyrique, prononcé avec ce ton exquis et cet accent animé, qui donnaient à la conversation de l'auteur tant d'éclat et de charme, produit la plus vive sensation. La séance reste long-temps interrompue, et des groupes se forment soit auprès de *Napoléon*, soit autour de madame *de Staël*, à qui on adresse des félicitations.

Cependant le désir d'entendre *Mercier*, connu de l'académie par sa bisarre originalité, qui l'a suivi dans l'autre monde, et plus encore, par sa nouvelle manie, dont il a été question ailleurs (2), ramène successivement chacun à sa place, et le silence se rétablit.

---

(1) *Considérations*, t. 3 et 14, p. 20.

(2) Voyez plus haut chapitre 5, deuxième dialogue des morts.

QUATRIÈME PARTIE.

Mercier débite, au sujet de la circonstance, des pensées en prose poétique, empruntées de M. le vicomte de *Châteaubriand*, de M. *Hue de Miromesnil*, de M. le comte *Ferrand*, de M. le vicomte d'*Arlincourt*, auteur du Solitaire, etc., etc.

MERCIER.

Pensées philosophiques et images poétiques en prose.

ILLUSTRES ET GRANDS CÉLIBATAIRES DES MONDES,

Sur *ces bords des éternelles visions*, je vous parlerai *des épouvantemens de la mort*, *des pâles choses de l'oubli et des ténèbres* (1).

Je tâcherai d'êrte beau comme de la prose. Du génie, mais pas de rimes. *La versification est la danse de la parole* (2).

---

(1) *Génie du ch*[illegible]*sme* et *Itinéraire de Jérusalem*, t. 2, p. 145.

(2) Mot de *Massieu*.

J'emploierai *ce style mêlé qui marche entre la société et la nature* (1). *Les Muses* dont je m'inspire *sont des femmes célestes qui ne font point de grimaces*. Chez moi *tout sort des entrailles* (2).

Par une tendance naturelle à l'homme, je descendrai dans les mystérieuses profondeurs.

« L'homme, esquisse imparfaite, image effa-
» cée de la divinité, primitivement fait pour ce
» séjour merveilleux, » où nous sommes maintenant parvenus, « mais jeté depuis sa chute sur une
» terre d'exil et de passage, semble y conserver
» l'idée confuse de sa destination première; il porte
» en lui le besoin vague et mystérieux des choses
» surnaturelles (3). L'homme en un mot est un
» étrange mystère, qui a beaucoup de penchant
» pour les mystères (4).

« Le vieillard des foudres a placé la naissansce et
» la mort sous la forme de deux fantômes voi-
» lés, aux deux bouts de notre carrière; et du
» haut de son trône, il a jeté notre vie, comme
» une petite colonne brisée, roulant sans base et

---

(1) *Génie du christianisme.*

(2) *Ibid.*

(3) *Le Solitaire*, par *M. d'Arlincourt.*

(4) *Génie du christianisme.*

» sans sommet, dans le vague du temps (1). » L'homme, suspendu dans le présent, entre le » passé et l'avenir, comme sur un rocher entre » deux gouffres, est-il autre chose qu'un rêve » douloureux (2)?

» C'est par la mort que la morale est entrée » dans la vie (3). » Aussi à quelles hautes méditations n'est on pas porté, quand on voit comme *la nature travaille auprès des ans*, et comme *les mousses emballent d'inégales décombres dans leur bourre élastique!* ... (4). C'est avec ces profondes pensées, « que je reste souvent en contem- » plation, jusqu'à ce que la lune répande dans » le bois ce grand secret de mélancolie, qu'elle » aime à raconter aux vieux chênes (5). »

Jamais plus grand spectacle frappa-t-il vos regards? Il est tombé celui qui *semblait s'élever comme pour soutenir le ciel* (6)! Il est mort presque seul sur un rocher, celui qui comptait dans sa domesticité des *rois d'antichambre* (7). Entre sa vie glo-

(1) *Génie du christianisme*, t. 1, p. 16.
(2) *Génie du christianisme*.
(3) *Ibid.*
(4) *Génie du christianisme*, t. 6, p. 30.
(5) *Ibid.*, t. 6, p. 185.
(6) *Génie du christianisme*.
(7) Lady Morgan.

rieuse et les royaumes de la solitude, « l'ange aux » ailes funèbres a tiré le rideau de l'éternité (1). » A force de se promener dans l'atmosphère des sépultures, lui-même il a gagné la mort (2). »

« Oh! qu'il y a de larmes au fond de cette his- » toire (3)! »

« La douleur de l'homme sensible est comme » la lampe religieuse et solitaire qui veille auprès » des tombeaux. Qui serait assez barbare pour » l'éteindre (4)? » Pour moi, je n'ai pu éclater en soupirs et en plaintes. « Le tonnerre de ma » voix s'est perdu dans mon cœur (5). »

« Voyez cet homme qui descend de ces hau- teurs brûlantes.... La foudre se tait, et voici » venir une voix : *Chemang anochi Jehovah elohecha* (6).

« J'ai vu les Parques vêtues de blanc et assises » sur l'essieu d'or du monde pour écouter la mé- » lodie des sphères.... J'ai vu Pluton sur son

---

(1) *Le Solitaire de M. d'Arlincourt.*

(2) *Génie du christianisme*, t. 3, p. 51.

(3) *Génie du christianisme.*

(4) *Cours de littérature de La Harpe*, t. 4.

(5) *Madame de Chevreuse, Nouvelle hist. par M. Fr. de Mentelle*, p. 21.

(6) *Génie du christianisme.*

» trône éclatant, où l'on monte par cent degrés » de rubis, d'escarboucles et d'émeraudes. (1). » J'ai entendu *le grand fleuve élever sa grande voix en passant sous les monts* (2). Le voyageur est venu, « monté sur cet esprit des eaux, qui, voilé » de ses ailes, sillonne le noir Océan. (3) Le fleuve » s'est réjoui d'entendre retentir sur ses rives les » pas de l'illustre étranger (4). Le flot qui pous- » sait le batelet vers le rivage emportait une de » ses pensées (5).

Mais quelle réception, digne de lui, fut faite au nouvel hôte de l'Elysée, et quel magnifique cortége vint charmer nos regards étonnés !

« Des îles flottantes de pistia et de némuphar, » dont les roses jaunes s'élèvent comme des petits » pavillons, remontèrent le long du rivage Des » serpens verds, des hérons bleus, des flammans » roses, et de jeunes crocodiles s'embarquèrent » passagers sur ces vaisseaux de fleurs, et la colo- » nie déployant au vent ses voiles d'or, aborda » dans une anse retirée, tandis que notre œil

---

(1) *Martyrs*, t. 1.

(2) *Génie du christianisme*, t. 6, *p.* 49.

(3) *Idem*, t. 6, p. 31.

(4) *Itinéraire de Jérusalem*, t. 1, p. 112.

(5) *Idem*, t. 2, p. 96.

» observateur, perçant dans les longues avénues » de la forêt, apercevait les ours, enivrés de » raisins, chancelans sur les branches des or- » meaux (1).

Hélas ! le jour de l'humiliation avait lui pour la France et pour son chef, et ils s'en étaient abreuvés. » Les eaux de l'humiliation se jettent dans la mer » du ciel (2). Mais depuis ce jour, né du sein des » tempêtes, qui ne laissa tomber sur une illustre » tête, que des soucis, des regrets et des che- » veux blancs (3), les rides de ce front glorieux » montrent les belles cicatrices des passions gué- » ries par la vertu (4). Ici la vertu tempérée par » la mort, comme ces vins généreux que l'on mêle, » dit *Platon*, avec une divinité sobre, n'offusque » point les regards (5). »

Qui voudrait faire des reproches précipités ou hasardés à cet homme qui anéantit nos sens sous sa gloire (6)? « Le cœur de l'homme est comme » l'éponge du fleuve, qui tantôt boit une onde

---

(1) *Génie du christianisme*, t. 6, p. 50.
(2) *Mme. de Chevreuse, Nouvelle hist. par M. F. de Mentelle*, p. 60.
(3) *Itinéraire*, t. 3, p. 117.
(4) *Génie du christianisme*, t. 6, p. 126.
(5) *Itinéraire*, t. 1, p. 225.
(6) *Génie du christianisme*.

» pure dans les champs de sérénité, tantôt s'enfle » d'une eau bourbeuse. L'éponge a-t-elle le droit » de dire : je croyais qu'il n'y aurait jamais eu » d'orages, et que le soleil n'aurait jamais été » brûlant (1) ? Les grandes âmes, comme les grands » fleuves, sont sujettes à noyer leurs rivages (2). » Notre cœur enfin est un instrument incomplet, » une lyre où il manque des cordes (3).

Malgré ses imperfections et ses fautes, *Napoléon* a agrandi le cercle de l'esprit et des destinées de l'espèce humaine.

Qui lui opposerez-vous dans les temps modernes ? personne, pas même cet homme extraordinaire qui donna une si grande impulsion à son siècle, ce *Charlemagne*, qu'il choisit souvent pour modèle, et qui lui *apparaissait* quelquefois *avec sa casaque de peau de loutre* (4).

Combien n'a-t-il pas laissé loin derrière lui les plus illustres de *ces nobles hommes à pied, armés d'une tunique, d'une gambière et d'un bassinet* (5) !

---

(1) *Génie du christianisme*.

(2) *Ibid.*, t. 2, p. 23.

(3) *Ibid.*, t. 2, p. 185.

(4) M. de *Châteaubriand*, *Mémoires*.

(5) *Ibidem*.

Il a renversé les projets des *méchans, qui portent l'orgueil à leur col comme des carcans d'or* (1), et sa main de fer a su contenir *ceux que la désastreuse philosophie a lancés dans les terres australes de la férocité* (2).

On lui a reproché, comme à beaucoup d'autres grands hommes, d'avoir trop aimé la guerre. Il est vrai que sous son règne, *le puits de l'abîme s'est ouvert, et que la mort a parcouru les royaumes sur son cheval pâle* (3). Mais, sans traiter la grande question, qui serait ici déplacée, de la convenance politique et de la justice de ces querelles toujours provoquées par l'acharnement de l'ennemi, ne serait-il pas permis de dire, « que le genre humain » peut être considéré comme un arbre qu'une » main invisible taille sans relâche, et qui gagne » à l'opération (4) ? »

S'il n'a point assez méprisé la flatterie, n'en a-t-il pas été suffisamment puni? Quel homme a mieux éprouvé, « qu'elle ne s'en tient pas toujours

---

(1) *Martyrs*, t. 1, p. 104.

(2) *Esprit de l'Histoire*, par M. le comte *Ferrand*, p. 15 de l'Avertissement.

(2) *Génie du christianisme*, t. 1, p. 287.

(4) *Essai sur l'effusion du sang*, par M. *Louis de Ste.-Marie*, p. 168.

» à la platitude, et que la bassesse est très-facilement féroce (1) ? »

Assez d'autres, sur cette vieille terre que nous avons visitée, diront, et même mieux que moi, les grandeurs du règne de Napoléon, et le dévouement de ses héroïques amis, et tant de prospérités et tant de malheurs. Pour moi, *sur l'air de la mélancolie, car je n'en sais qu'un* (2), je vais entonner le *Chant de l'Epouse*. C'est elle qui parle; écoutez ses lugubres paroles :

Puisque tu n'es plus, « les hymnes funèbres, » les déplorables laïs, les douloureux échos de » l'amour en deuil, rempliront mes pages noir- « cies.... J'humecterai tes cendres du suc du cy- » namomum, j'ombragerai ta tête des vapeurs de » l'aloës, et je planterai, aux extrémités de ta » tombe, le cyprès de la mort et le saule des » larmes.... Mes chants lamentables laisseront pé- » nétrer jusqu'au fond du tombeau le rythme mé- » lancolique de mes accens plaintifs.... Bientôt » les glaces du trépas, qui te captivent, viendront » arrêter mon sang; mais avant d'exhaler mon » dernier soupir, je graverai sur la froide pierre :

---

(1) *Considérations sur la révolution*, par Mme. *de Staël*.

(2) *Génie du christianisme*.

» *Cette tombe de l'époux est le tombeau de l'é-
» pouse ; un instant la mort les sépara ; la mort
» les a réunis pour l'éternité ; et je m'étendrai
» près de toi pour ne plus te quitter* (1). »

Vous venez d'entendre, pairs immortels, une de ces hymnes, *filles des harpes et du torrent*, une de ces hymnes « que chantent avec les vents les
» chênes et les roseaux du désert (2). Le musi-
» cien, qui voudra la traduire dans sa langue, sera
» obligé d'apprendre l'imitation des harmonies de
» la solitude, et de connaître ces notes mélanco-
» liques que rendent les eaux et les arbres, et
» l'herbe des sépultures (3). »

Mais nous, « pour éviter la froideur qui résulte
» de l'éternelle et toujours semblable félicité des
» justes (4), livrons-nous aux plaisirs enchan-
» teurs dont les essaims séduisans forment sur
» notre tête, par leurs cercles légers, une cou-
» ronne fleurie, un cercle de jouissances inépui-
» sables (5). »

---

(1) *Génie de l'amour*, par M. *Hue de Miromesnil*, p. 11.

(2) *Génie du christianisme.*

(3) *Ibid.*

(4) *Ibid.*

(5) *Génie de l'amour*, p. 7.

Ce morceau de poésie en prose produit, dans un autre genre, un effet non moins remarquable que le panégyrique de madame de Staël. L'assemblée l'avait, à plusieurs reprises, interrompu par des témoignages non équivoques de plaisir et d'admiration.

CINQUIÈME PARTIE.

Vigée, de son vivant lecteur du Roi et rédacteur de l'*Almanach des Muses*, combat en peu de mots le système de la prose poétique, et cite, parmi les louanges les plus ingénieuses adressées à *Napoléon*, un fragment de *Ducis*, une strophe de *Fontanes*, des vers de lui, *Vigée*, des odes, cantates, chants de poëme de MM. *Ourry*, rédacteur du Journal de Paris, *Théaulon*, auteur de l'*Oiseau bleu*, *Malte-Brun*, géographe du *Journal des Débats*, ci-devant *de l'Empire*, *Vieillard*, membre de la commission de Censure, *Briffaut*, membre de la commission de Censure, *Mennechet*, lecteur du Roi, *Mély-Janin*, rédacteur de la *Quotidienne*, *Michaud*, rédacteur de la *Quotidienne*, lecteur du Roi, et *Treneuil*, auteur de l'élégie sur les tombeaux de St.-Denis.

VIGÉE, ci-devant rédacteur de l'*Almanach des Muses*, et lecteur du Roi, maintenant l'un des secrétaires de l'académie élyséenne, s'exprime ainsi :

Pairs immortels,

N'attendez pas que celui qui, pendant un quart de siècle, a inscrit dans les archives du temple des

Muses (1) les noms de tant de poëtes, que l'auteur d'une foule de poésies fugitives, auxquelles il doit, dans cette immortelle académie, une distinction que lui a opiniâtrement refusée celle de l'autre monde (2), n'attendez pas que celui qui aura, pendant un siècle encore, l'honneur d'être votre secrétaire pour les ouvrages en vers, adopte le principe erroné de la prose poétique, quoiqu'elle remonte plus haut que l'âge où nous avons vécu, et qu'il souscrive aux hérésies littéraires que vous venez d'entendre. Non, il n'y a de poésie que celle qui s'exprime en vers. Les vers sont et seront à jamais la langue nécessaire du poëte. Dans quels lieux et devant quels spectateurs pourrait-on soutenir cette éternelle vérité avec plus d'avantage qu'ici, où l'on voit

> *Parny* dicter ses vers mollement soupirés,
> Par ses malins écrits, avec goût épurés,
> *Palissot* aiguiser le bon mot satirique,
> *Le Brun* ravir la foudre à l'aigle pindarique,
> *Delille*, nous rendant le cygne aimé des dieux,
> Moduler avec art ses chants mélodieux,
> Et de l'eschile anglais évoquant la grande ombre,
> *Ducis* tremper de pleurs son vers tragique et sombre ?
>
> CHÉNIER, *Discours sur la calomnie.*

Des exemples prouveront, mieux que tout ce

---

(1) Il veut parler de son *Almanach des Muses.*

(2) Vigée a eu le chagrin, qui l'a peut-être conduit au tombeau, de ne pouvoir réussir à se faire nommer de l'Académie.

que je pourrais dire, combien l'éloge de l'illustre confrère, dont nous célébrons l'admission, répété jusqu'à satiété dans la prose de tant de magistrats, de législateurs et de prélats, a été embelli et varié par les formes divines de la poésie, et combien il en a reçu d'énergie et de grâce.

Au milieu de tant de merveilles de l'art d'écrire et de louer, je me bornerai à quelques fragmens pris des pièces les plus remarquables pour la force ou le tour ingénieux de l'expression, et je les choisirai parmi les auteurs dont le nom seul est un hommage aussi flatteur que piquant pour le héros qu'ils ont si bien chanté.

Je ne saurais mieux commencer que par notre vénérable *Ducis*, dont les vertus égalèrent les talens, qui monta sa lyre sur tous les tons, et qui sut passer des accens les plus tragiques à la peinture des sentimens les plus aimables et les plus doux.

Quel patriotisme et quel charme dans ces vers de la *Solitude* et l'*Amour*!

> Amans, heureux par ses bienfaits,
> Dans les bois ou dans la prairie
> Promenant votre rêverie,
> Gravez ces noms, *Marceau*, *Kléber*, *Joubert*, *Desaix*,
> *Desaix*, tombé si jeune au milieu de sa gloire,
> Mais vengé par le bras du *Scipion français*,
> Dont l'œil à *Marengo* commanda la victoire.

On retrouve *Fontanes* toutes les fois qu'il s'agit de louanges spirituelles, d'éloquens discours et de beaux vers.

Son *Ode républicaine*, lue dans la séance publique de l'Institut, le 5 nivose an 8, est un morceau classique dont on ne peut rien retrancher; mais je ne puis résister au plaisir de vous citer une strophe de son *Chant du 14 juillet* de la même année.

> O *Condé*, *Villars* et *Turenne*,
> C'est vous que j'entends, que je vois!
> Vous cherchez le grand capitaine
> Qui surpassa tous vos exploits.
> Les fils sont plus grands que leurs pères,
> Et vos cœurs n'en sont pas jaloux;
> La France, après tant de misères,
> Renaît plus digne encor de vous.

J'espère qu'après de si grands noms, vous ne trouverez pas mal placé celui de M. *Ourry*, qui brille d'un double éclat au *Journal de Paris* et sur le *théâtre des Variétés*. M. *Ourry* s'écriait, dans son dithyrambe sur la naissance d'un grand prince, je parle de celle qui eut lieu en 1811, et qu'il chanta aussi :

> Réjouis-toi, peuple fidèle,
> L'Éternel a reçu tes vœux et ton encens.
> Il a mis à tes pieds tes rivaux frémissans.
> Il te donna ce Roi, des grands rois le modèle.

. . . .

Toi, devant qui tremblent les anges,
Sur le front d'un mortel, toi, qui mis ta grandeur,
Ta foudre dans ses mains, ta bonté dans son cœur,
Reçois, Père des temps, de nouvelles louanges;
Déjà tes ordres souverains,
Au sauveur des Français ont commandé l'empire.
Je vois l'univers y souscrire,
Et le fils du héros accomplir les destins.

Je le vois ce jour où d'un père
Il apprendra l'amour, les bienfaits et les lois.
Aux fastes de l'histoire il a lu ses exploits,
Et chérit doublement la gloire héréditaire.
Ah! par des discours superflus,
Lui faut-il enseigner la grandeur, la vaillance,
La justice, la bienfaisance?
En apprenant son nom il apprit les vertus.

Voici maintenant l'élégant auteur de la *Clochette*, du *Petit Chaperon rouge*, et de l'*Oiseau bleu*, M. *Théaulon*, qui, dans une *Ode* inspirée par la même muse que M. *Ourry*, et où il est facile de voir qu'il s'est moins occupé du style que de la pensée, dit à la France, dans son poétique enthousiasme :

Reine superbe des patries,
Dans l'avenir que tu défies,
Jette ton regard enchanté;
Vois les feuillets de ton histoire
Signés et marqués par la gloire
Du sceau de l'immortalité.

Ces jours éternels de mémoire,
Tu les dois à *Napoléon ;*
Il t'a consacré la victoire;
De tes arts il est l'Apollon;
Par lui s'embellissent tes villes,
Tes malheureux ont des asiles,
Tes flottes naissent au chantier;
Et pour que ta splendeur s'achève,
Pendant le repos de son glaive,
Il te lègue son héritier.

Ce fut alors que l'*intérêt de lacirconstance* et la gloire de *Napoléon* inspirèrent la verve poétique d'un savant Danois, M. *Malte-Brun*, rédacteur du *Journal de l'Empire et des Débats*, et que le monde vit paraître la belle Églogue géographique, intitulée : *Les Fêtes du Caucase*, où l'on admira ces strophes mélodieuses :

Frappons les boucliers, frappons-les en cadence,
Que le bruit du triomphe accompagne la danse.

La terre a retenti sous les pas des guerriers;
Le fer des lames brille à travers les lauriers,
Et flottant dans la nue, aux rayons de l'aurore,
De leurs mille drapeaux la pourpre se colore.
Les vallons du Caucase ont répété soudain
Du chant de ces guerriers le belliqueux refrain.

Frappons les boucliers, etc.

Le vainqueur de la terre a pressé dans ses bras
L'héritier de son nom, l'espoir de ses états.

Venez, guerriers, venez, compagnons de sa gloire,
Qu'autour de ce berceau, gardé par la victoire,
Cent drapeaux que vos bras au Mède ont arrachés,
Soient à ces lambris d'or en trophée attachés.

Frappons les boucliers, frappons-les en cadence;
Que le bruit du triomphe accompagne la danse.

Vous trouverez plus d'élégance encore et un faire plus délicat dans une *cantate* où M. *Vieillard*, l'un des honorables membres de la Commission de Censure, nous prédit le *Retour d'Astrée*, et à laquelle il a donné ce titre. Le *poëte-censeur* fait parler la *Seine*, le *Danube* et l'*Hymen*, et prête à ses interlocuteurs ce dialogue plein de finesse :

LA SEINE.

Pour mériter de partager le trône
Que fonde sur mes bords le plus grand des mortels,
Vois de quels dons il faut que l'éclat environne
Celle qui recevra ses sermens solennels.

LE DANUBE.

Elle est l'ornement de la paix.

LA SEINE.

Son bras lance au loin le tonnerre.

LE DANUBE.

Ses mains répandent les bienfaits.

LA SEINE.

Il réunit force et sagesse;
Pallas prit soin de le nourrir

LE DANUBE.

Minerve instruisit sa jeunesse;
Cypris se plut à l'embellir.

LA SEINE.

Son regard fait trembler la terre.
Le rapide éclair est moins prompt.

LE DANUBE.

La douceur de ses yeux tempère
L'éclat qui brille sur son front.

LA SEINE.

Sur le sien le laurier rayonne;
La victoire souvent l'y posa de ses mains.

LE DANUBE.

Elle vient ajouter aux palmes de Bellone
Myrthes d'amour, roses d'hymen.

L'HYMEN.

Oui, de l'éclat du diadême
Je vais orner la gloire et la beauté;
Je vais unir au sein du rang suprême
Et la grâce et la majesté.

Un autre membre de cette même *Commission de Censure*, M. *Briffaut*, auteur d'*Olympie* et de deux tragédies, je crois, dont le titre m'a échappé, a fait, comme son collègue M. *Vieillard*, et pour la même circonstance, une *Ode* pleine de beautés du premier ordre, et dont je regrette de ne pouvoir citer que deux strophes, qui vous donneront une idée du mérite des autres. M. *Briffaut* fait parler un vétéran, qui s'écrie, en montrant les monumens de la Sagesse et de la Magnificence réparant les maux inséparables de la guerre :

Vois le pardon descendre ;
Vois les cités renaître, et partout se répandre
Les arts, fils de la paix, que la sagesse instruit.
Vois cet aigle en repos illuminer la terre
Des feux de ce tonnerre,
Qui pouvait le frapper d'une éternelle nuit ;

Ces amas de trophées,
De l'anarchie aux fers les torches étouffées,
Le trône foudroyé qui reparaît debout,
Élevé par les lois, les arts et la victoire,
Vaste rempart de gloire,
Dont les rayons sacrés le défendent partout.

M. *Mennechet*, lecteur du Roi, a offert, pour la même occasion, une corbeille de fleurs cueillies dans le jardin d'*Horace* ; et l'on ne peut oublier une *Ode* que le grand événement inspira à M. *Mély-Janin*, ancien rédacteur de l'article littérature des *Petites-Affiches*, l'un des rédacteurs actuels de la *Quotidienne*, et auteur d'une tragédie d'*Oreste*, qui, à en croire ce Journal, vient d'obtenir un succès éclatant au second Théâtre-Français.

M i aussi, pairs immortels, j'ai osé mêler ma faible voix à ce concert d'hommages et de louanges ;

mais, pour ne pas faire disparate au milieu de tant de beautés poétiques de tous les genres, je ne vous citerai que ce court passage de mon *Discours en vers :*

Mille débris couvraient le trône renversé;
Un seul homme a paru, le chaos a cessé.
Armé de son génie, étayé de sa gloire,
De cette même main qui fixe la victoire
Le vois-tu, rallumant l'espoir au fond des cœurs,
Des partis divisés contenir les fureurs,
Enchaîner, étouffer le trouble, l'anarchie,
Et de tous ses liens la licence affranchie,
Et sans s'épouvanter du cri des factions,
Remettre enfin la France au rang des nations?
Aussi la France entière, en sa reconnaissance,
Le conjure à genoux d'accepter la puissance.
De ses nobles travaux, de sa prospérité,
Qui pourrait parcourir le cercle illimité?
A travers les lauriers lorsqu'élevant sa tête,
La France s'agrandit de conquête en conquête;
Que Neptune s'attend à voir ses fers brisés;
Que des ports, des canaux à l'envi sont creusés;
Dans la Seine, par lui vengé d'un long outrage,
Le Louvre, avec orgueil, baigne enfin son image.
De hideux bâtimens sur ses pas sont détruits.
Là, s'élèvent des quais; là, des ponts sont construits;
Là, de ses légions, à défaut de l'histoire,
Le marbre doit garder le nom et la mémoire.
Partout à l'indigence un hospice est offert;
A l'enfance partout un lycée est ouvert.
Sans attendre jamais qu'un vœu la sollicite,
Sa bienfaisance court enrichir le mérite.
. . . .

Dans le siècle présent il n'a point de rival;
Dans les siècles passés il n'a point eu d'égal.
Et la postérité ne pourra jamais croire
Qu'un seul homme ait sur lui rassemblé tant de gloire.

Que ne m'est-il permis de vous redire en entier ce beau *treizième Livre de l'Enéide*, ce chef-d'œuvre du genre, que la postérité devra encore à un lecteur du Roi, à M. *Michaud*, le père et la providence de la *Quotidienne!* C'est à lui-même qu'il faudrait entendre dire, comme dans son Avertissement, « que les poétiques prédictions de l'an-
» tiquité avaient fait d'avance l'histoire des événe-
» mens dont nous fûmes témoins, et que l'imagi-
» nation du poëte, dans son héros QU'IL A RENDU
» PARFAIT, semble avoir deviné le héros que l'Eu-
» rope admire (1). » M. *Michaud* peint avec les plus vives couleurs,

Du bonheur de leur roi trente peuples heureux,
Qui mêlent leurs accens et confondent leurs vœux,
Le génie illustrant le siècle des merveilles,
Du fruit de ses travaux, du trésor de ses veilles.

---

(1) Expressions de M. *Michaud* dans l'*Avertissement* qui précède son 13e. Livre ajouté à l'*Énéide de Virgile*.

Les belles *stances de M. Michaud, sur la naissance du roi de Rome*, ne le cèdent en rien à sa continuation de l'*Enéide*. Voici comme il les termine :

Tous les arts enfantant des prodiges nouveaux,
Orneront des palais et des cités nouvelles,
Et le front couronné de palmes immortelles,
Du *Grand Napoléon* rediront les travaux.

Français, vous n'aurez plus qu'à chanter ses conquêtes;
Le fer qui des guerriers arma les bataillons,
Tracera dans vos chants de pénibles sillons.
L'airain ne tonnera que dans vos jours de fêtes;
Vous donnerez vos lois à vingt peuples divers;
Et l'arbre de la paix, qui croîtra d'âge en âge,
Sur votre empire immense étendant son ombrage,
De l'univers soumis entendra les concerts.

Quelle que soit l'incontestable beauté du panégyrique poétique de *Napoléon*, par mon honorable collègue M. *Michaud*, la palme de la louange appartient, suivant moi, au bon et vertueux auteur de l'*Elégie sur la violation des tombeaux de Saint-Denis*, M. *Treneuil*, notre confrère en cette immortelle académie. Je ne connais rien qu'on puisse mettre dans ce genre au-dessus de ses deux *Odes sur le mariage et sur la naissance*, rien même qu'on puisse leur comparer, sous le rapport de l'élégance des formes poétiques, de la richesse des images et de l'éclat du coloris. C'est par ce brillant extrait que je terminerai cette lecture, ne pouvant rien y ajouter qui ne lui soit inférieur.

Lorsque l'esprit d'erreur, la faiblesse et le crime
Ont par degrés conduit sur le bord de l'abyme
Un empire déjà ravagé par le tems,
S'il s'élève aussitôt un souverain génie
Qui verse dans son sein de longs torrens de vie,
Et l'arrête asservi sur ses vieux fondemens;
Si sa main en saisit les rênes délaissées;
Si, le succès toujours couronnant ses pensées,
Il fixe l'harmonie où régnait le chaos;
S'il enchaîne le cours des publiques misères,
Et qu'il sache à son gré des factions contraires
Emouvoir, applanir et balancer les flots;
Si, dans l'art des combats sans rival et sans maître,
On voit, à son nom seul, s'enfuir et disparaître
Les peuples contre lui soulevés par leurs rois;
S'il est moins un héros sur le char de la guerre,
Qu'un grand législateur qui visite la terre
Pour en renouveler les trônes et les lois;
Qui ne révère en lui l'envoyé de dieu même?
Sur quel front glorieux le sacré diadême
Réunit-il jamais cette vive splendeur?
. . . .
Ah! quel besoin a-t-il que, rivaux de bassesse,
Des essaims de flatteurs le poursuivent sans cesse,
Pour brûler à ses pieds un téméraire encens?
La gloire de remplir ce grave ministère
Appartient à des voix qui ne peuvent se taire,
Et dont il ne peut fuir ni blâmer les accens.
Ces superbes canaux que son génie immense,
Rival du créateur, prépare à l'opulence;

Par ces heureux liens vingt fleuves réunis;
Ces chemins inconnus ouverts à la victoire,
Que cet aigle intrépide, en volant à la gloire,
Trace en sillons de feu sur le front du Cénis;
Le malheur consolé recouvrant ses hospices,
L'humble religion ses pompeux édifices;
Tous les arts à la fois pleins d'un esprit nouveau;
Ces siéges renommés, ces savantes batailles,
De trois peuples rivaux célèbres funérailles,
Dans les champs d'Jéna, de Wagram et d'Eylau;
Voilà de quelles voix il estime l'hommage;
Les voilà ces amis dont le noble courage
Lui fait, en le louant, sentir la vérité;
Éloquens orateurs, simples et grands comme elle,
Ils forment le cortége imposant et fidèle,
Qui le mène en triomphe à l'immortalité.

. . . .

Ah! quel autre, au génie unissant la vaillance,
Eut porté, comme lui, le sceptre de la France!
Ce sceptre est au vainqueur à qui Dieu l'a donné,
Et qu'aux pieds des autels la France a couronné;
Au sage, au conquérant, qui dans lui seul rassemble
La puissance et l'éclat des plus grands rois ensemble,
Qui soumit vingt états, entraînés tour à tour
Par l'admiration ou la force ou l'amour;
Et qui, législateur de l'empire qu'il fonde,
Y règne en souverain des souverains du monde.

SIXIÈME PARTIE.

Laujon, le doyen des chansonniers, rappelle à l'académie, avec la mention la plus honorable, les innombrables couplets, rondes, rondeaux, vaudevilles et ponts-neufs, faits, pendant quinze ans, en l'honneur de *Napoléon*; il cite prrticulièrement MM. *Jacquelin*, *Merle*, *Brazier*, *le chevalier de Piis*, *le chevalier Alissan de Chazet*, et *le chevalier Désaugiers*, et fiinit par une chanson de M. *A. Martainville*, rédacteur en chef du *Drapeau blanc*, qui est exécutée, suivant les intentions de l'auteur en 1811, avec accompagnement d'artillerie. — La séance est terminée par des cantates et des chants d'apothéose, anciennes paroles de MM. *Briffaut*, *Vieillard*, , *Planard* et le *baron Trouvé*, ancienne musique de MM. *Paër*, *Jadin*, *Plantade*, et *Blangini*.

Les pièces lues avec un art extrême par *Vigée*, qui a conservé dans l'autre monde ce talent qu'il a autrefois possédé à un très-haut degré, avaient été entendues avec une si grande faveur, et tellement couvertes d'applaudissemens, que *Laujon*, qui lui succédait, avait besoin de toute son aimable bonhommie et de toute la bienveillance qu'il inspire, pour captiver encore l'attention des savans académiciens, déjà épuisée par tant de chefs-d'œuvre de la poésie admirative. Ce petit succès était bien dû au joyeux vieillard, qui fit l'*Amoureux de quinze ans* et les *A-propos de Société*. Il faut avouer, au reste, qu'il était difficile de ne pas plaire à une si spirituelle assemblée, en déroulant devant ses yeux les brillans échantillons de l'art du *Vaudeville complimenteur*, porté chez nous à son dernier point de perfection. Quel pays disputera cette palme à la France? Où trouvera-t-on plus d'esprit, de franchise et de gaîté, que n'en ont mis ces charmans chansonniers, les modèles du genre, à prouver, sur tous les tons et sur tous les airs, à *Sa Majesté l'Empereur*, leur enthousiasme, leur amour, et, comme on disait alors, leur *dévouement sans bornes?*

Le bonhomme *Laujon* se mit donc à entonner devant l'académie, d'une voix chevrotante, mais comique et vraie, une foule de rondes et rondeaux, de couplets de facture ou autres, de jolis ponts-neufs, et de refrains bouffons, qui, pendant un grand nombre d'années, constituèrent en France le vaudeville officiel. Les immortels de l'académie, au milieu de ces éclats de rire inextinguibles, dont Homère gratifie les dieux, distinguèrent particulièrement les inappréciables productions de messieurs *Jacquelin*, *Merle*, *Brazier*, et le chevalier *de Piis*, ex-secrétaire-général de la préfecture de police. Parmi les meilleurs couplets de l'*époque impériale*, ce sont les leurs qui parurent offrir le plus de finesse dans la tournure de la louange, le plus de cette fleur exquise de bon goût et de bon ton.

Il faut dire cependant, pour être vrai, que l'effet en fut encore surpassé par les couplets de fêtes et d'anniversaires de M. le chevalier *Alissan de Chazet*, par ses bouquets et par ses improvisations, qu'il sait si bien *lancer*, comme dit la *Quotidienne*. Il en manquait beaucoup à *Laujon*, de l'année 1800 à 1813 ; mais une princesse impériale, nouvellement arrivée, venait de compléter sa collection.

» Un malin critique, (*Geoffroy*) a fait une
» plaisanterie qu'on a bien voulu trouver bonne,
» dit *Laujon*, en appelant *M. de Chazet l'inévi-*
» *table*. Eh ! qui aurait voulu l'éviter ? ne l'a-t-on
» pas toujours rencontré avec plaisir dans tous les
» temps, sous tous les régimes, et à toutes les
» fêtes ? »

Après cet éloge mérité du *chevalier de Chazet*, *Laujon*, toujours avec sa gaîté communicative, se mit à chanter le premier de nos poëtes laudatifs et grivois, *M. le chevalier Désaugiers*. Ce fut bien autre chose encore; l'assemblée ne se possédait vraiment plus, et cependant *Laujon*, ayant à choisir dans cette mine inépuisable de panégyriques en flons flons, qui réunis formeraient un volume gros comme *Désaugiers et ses amis* (1), n'en prenait que la fleur, c'est-à-dire les plus excellentes pièces du directeur du Vaudeville, en l'honneur de *Leurs Majestés impériales et royales*. L'académie remarqua particulièrement les couplets ajoutés au *déserteur* du théâtre Feydeau, et ceux que l'auteur fit chanter par les acteurs du Théâtre-Français, où il disait à *Napoléon* :

> Illustre fils de la victoire,
> Reçois notre encens et nos vœux;
> Tu seras l'amour et la gloire
> De ton siècle et de nos neveux.

Et en parlant de son fils, nouveau-né,

> Le prince dont l'auguste père
> Hérita du nom des Césars,
> Devait recevoir la lumière
> Sous l'heureuse étoile de Mars.

---

(1) Titre d'un recueil de M. *le chevalier Désaugiers*.

C'est mademoiselle Mars qui chantait ce couplet.

Laujon réserva, comme on dit vulgairement, pour le bouquet, une chanson, d'un effet d'exécution extraordinaire, composée à l'occasion de la naissance du fils de *Napoléon*, et que ce bon vieillard jugea propre à rappeler au père l'époque de la plus haut élévation et du plus parfait bonheur, dont il ait jamais été donné à un homme de jouir, et que lui seul pouvait détruire aussi complètement. Elle est regardée comme le chef-d'œuvre en ce genre de M. *A. Martainville*, auteur du *Pied de Mouton* et de *la Banqueroute du Savetier*, et rédacteur en chef du *Drapeau-Blanc*.

Voici ces couplets, dont chacun fut accompagné, à l'endroit indiqué par le sens, d'une salve de cent un coups de canon. L'artillerie de l'Elysée ne sert que pour les divertissemens militaires, et, comme dit M. *Michaud*:

L'airain n'y tonne plus que pour les jours de fêtes.

C'EST UN GARÇON.

AIR : *C'est un sorcier.*

Ah ! quel bonheur ! ah ! quelle ivresse !
Français, chantons, dansons, buvons ;
Que dans ce beau jour d'allégresse
Sautent les cœurs et les bouchons.
Le ciel comble notre espérance ;
L'air retentit du plus doux son.....

(*Ici une salve de cent un coups de canon.*)

Pon, pon, pon, pon, pon, pon,
Ratapon.....
Les cœurs ont dans toute la France
Compté cent un coups de canon.....
C'est un garçon. (*bis.*)

Je sens redoubler mon ivresse,
Quand je pense à notre empereur;
Il aura pleuré de tendresse!
Soyons heureux de son bonheur.
C'est le plus beau jour de sa vie
Que nous annonce le canon.....

(*Une seconde salve de cent un coups.*)

Je crois l'entendre qui s'écrie,
En baisant son joli poupon :
C'est un garçon. (*bis.*)

Quand dans les sentiers de la gloire
Il viendra guider nos soldats,
Sur le chemin de la victoire
De son père il suivra les pas.
Quel brillant courage il déploie!
Il sourit au bruit du canon.....

(*Une troisième salve.*)

Pon, pon, pon, pon, pon, pon,
Ratapon.....
Nos vieux soldats, pleurant de joie,
Diront: Du grand *Napoléon*
C'est le garçon. (*bis.*) (1)

---

(1) *Hommages poétiques à LL. MM. II. et RR.*, recueillies par MM. Eckard et Lucet. Article *Martainville*, t. 2, p. 315.

Cette séance extraordinaire de l'immortelle académie, séance si riche de grands souvenirs et de belles productions de tous les genres, fut terminée par des cantates et des chants d'apothéose, anciennes paroles de messieurs *Briffaut*, *Vieillard*, *Planard*, et *le Baron Trouvé*, rédacteur en chef du *Moniteur* en 93, dernièrement éditeur responsable du *Conservateur*, ancienne musique, qui n'a pas vieilli, de MM. *Paër*, *Jadin*, *Plantade* et *Blangini*.

CHAPITRE HUITIÈME ET DERNIER.

Un pouvoir magique met en action, sous les yeux des habitans de l'Elysée, la représentation en grand du tableau d'un naufrage célèbre, par lequel s'est terminée une brillante navigation. — Quelques-uns des plus illustres d'entr'eux sont en même temps spectateurs et acteurs de cette scène sublime. — Les immortels honorent le génie qui l'a conçue, dans la personne de *Joseph Vernet*, chef de trois générations de peintres.

Aux magnificences et aux émotions de cette journée mémorable, dont le souvenir sera conservé à jamais dans les fastes de l'Elysée, les ordonnateurs des fêtes de la gloire et de l'immortalité ajoutèrent un spectacle aussi merveilleux qu'inattendu. Ils mirent en action une sublime scène pittoresque qu'une grande infortune inspira à un beau talent, et qui fait l'admiration de la capitale des arts.

Le ruisseau limpide qui coulait lentement dans la prairie avec un doux murmure, et qui, *par mille détours revenant vers sa source, semblait ne pouvoir quitter ces lieux enchantés*, est tout-à-coup transformé, par l'effet d'un pouvoir magique et miraculeux, en une mer orageuse, dont les flots irrités viennent de jeter sur une plage aride les débris d'un grand naufrage. Le navire, battu par la plus effroyable tempête, et cédant à la rage de tous les vents conjurés, s'est brisé sur les rochers d'une île inhospitalière. Les flots ont englouti une partie de l'équipage. L'habile pilote, qui si long-temps a bravé l'Aquilon déchaîné, et soutenu, contre tous ses ennemis ligués ensemble, des combats de géants, a fini par succomber sous leurs efforts réunis et sous la fureur des élémens. Il vient d'expirer; il n'est plus; quelques pouces de terre recouvrent cette ruine colossale. Un chapeau, une épée, voilà toute la décoration d'une héroïque sépulture.

L'ancre est rompue; le pavillon est submergé; une planche, échappée au naufrage sur laquelle le pilote avait écrit les titres de sa gloire, vient d'être brisée par une vague.....

Un petit nombre d'amis fidèles, une femme, des enfans, qui ont vu briller et s'éteindre un des phénomènes de la création, regardent pensifs le spectacle qui est sous leurs yeux, ou jettent des cris de douleur. Le génie de la vieille Gaule les a entendus; il entr'ouvre le ciel chargé de nuages, et répandant la lumière sur cette scène mélancolique, la harpe d'or à la main, il évoque les grandes ombres qui furent ou les compagnes d'une éclatante prospérité ou les premières victimes d'un illustre malheur.

A la voix du génie, et dans le séjour des immortels ce n'est plus une fiction poétique, apparaissent les héros qu'elle appelle, et, penchés sur la tombe solitaire, ils contemplent cette grande leçon qui est donnée aux hommes, et qui, comme les autres, sera perdue.

Là, sont en première ligne les hommes qui ont touché de plus près à la destinée du héros, et qui, par leur intrépidité ou leur caractère, ont le plus servi à marquer les époques de sa vie militaire; là sont *Desaix* le sultan juste (1); *Kléber*, le plus beau, le plus brave et le meilleur des hommes; *Montebello*, qui fut un ami sincère; *Masséna*, *Bessières*, *Ney*, *Lasalle*, *Poniatowski*, le premier grenadier de France *La Tour-d'Auvergne*, et *Letort*, ce *Letort*, si vaillant et si bon, qui fut pour notre âge le chevalier sans peur et sans reproche.

---

(1) Son surnom en Egypte.

Leurs compagnons d'armes se pressent en foule derrière eux, et des milliers de braves, morts pour la patrie au champ d'honneur, tout resplendissans des rayons de l'immortalité, serrent fièrement leurs rangs glorieux pour assister à ce solennel et majestueux spectacle.

Telle est la sublime conception qui fut transportée par enchantement sous les yeux des habitans de l'Elysée. C'était à qui témoignerait le mieux son admiration. On entendait circuler le nom d'un *Vernet*, qui, à la fleur de l'âge, s'était déjà placé au premier rang des plus féconds et des plus habiles peintres. *Vien*, le restaurateur de l'école française, présenta aux immortels l'aïeul de cet étonnant artiste, le chef de trois générations de peintres, *Joseph Vernet*, qui fondait en larmes, et qui s'écriait : *mon Horace m'a déjà passé, et il en passera bien d'autres.*

Les habitans de l'Elysée voulurent honorer le petit-fils dans la personne du grand père, et, en leur nom, au milieu d'acclamations universelles, *Vien* posa sur la tête de *Joseph Vernet* une couronne d'olivier, de roses et d'immortelles.

FIN.

www.ingramcontent.com/pod-product-compliance
Ingram Content Group UK Ltd.
Pitfield, Milton Keynes, MK11 3LW, UK
UKHW021823190726
13853UKWH00003B/1153